체홉 명작 단편선 2

체홉 명작 단편선 2

© 백준현, 2021

1판 1쇄 인쇄__2021년 2월 18일
1판 1쇄 발행__2021년 2월 28일

지은이__안똔 체홉
옮긴이__백준현
펴낸이__홍정표
펴낸곳__작가와비평
　　　　등록__제2018-000059호

공급처__(주)글로벌콘텐츠출판그룹
　　　　대표__홍정표　이사__김미미
　　　　편집__하선연 문유진 권군오 홍명지　기획·마케팅__이종훈 홍민지 홍혜진
　　　　주소__서울특별시 강동구 풍성로 87-6
　　　　전화__02) 488-3280　팩스__02) 488-3281
　　　　홈페이지__http://www.gcbook.co.kr　메일__edit@gcbook.co.kr

값 12,800원
ISBN 979-11-5592-270-5 03890

※ 이 책은 본사와 저자의 허락 없이는 내용의 일부 또는 전체의 무단 전재나 복제, 광전자 매체
　 수록 등을 금합니다.
※ 잘못된 책은 구입처에서 바꾸어 드립니다.
※ 본 연구는 2019년도 상명대학교 교내연구비를 지원받아 수행하였습니다.

Антон Павлович Чехов

체홉
명작 단편선 2

백준현 옮김

작가와비평

▎일러두기

1. 러시아어 자음의 한글 표기는 원어발음을 최대한 충실히 전달하기 위해 к, т, п 자음이 된소리(ㄲ, ㄸ, ㅃ)로 발음되는 경우와 연자음화, 무성음화되는 경우에는 이를 모두 반영하여 표기하였음.

2. 이 번역서의 모든 설명 각주는 번역자가 작성한 것임.

3. 원작에서의 단락이 상당히 길고 내용이 다소 난해한 경우에는, 독자들의 독서 편의와 이해도 증진을 위해 단락의 흐름을 저해하지 않는 한도 내에서 해당 단락을 다시 몇 개의 소 단락으로 나누어 번역한 곳이 간혹 있음. 러시아어 원작과 대조하면서 읽으실 독자들은 이 점을 고려해 주시기 바람.

4. 이 번역서의 원전으로는 모스크바의 ≪Художественная литература≫ 출판사가 발행한 체홉 선집(총 12권)을 사용하였음. (А.П. Чехов. Собрание сочинений в 12 тт. Москва: Художественная литература, 1960~1964)

목차

뚱뚱이와 홀쭉이

니꼴라이 철도역에서 두 친구가 우연히 만났다. 한 사람은 뚱뚱하고 다른 한 사람은 홀쭉하다. 방금 전에 역 건물에서 식사를 한 뚱뚱이는 입술이 기름으로 덮여 잘 익은 버찌처럼 반들거렸다. 그에게서는 셰리 술과 오렌지 꽃 냄새가 났다. 한편 방금 전에 기차에서 내린 홀쭉이는 여행 가방, 꾸러미, 상자 등을 잔뜩 가지고 있었다. 그에게서는 햄과 커피 찌꺼기 냄새가 났다. 그의 등 너머에서 턱이 긴 여자가 흘긋거리고 있었는데 그것은 그의 아내였다. 눈을 가늘게 뜨고 있는 키가 큰 김나지야[1] 학생은 그의 아들이었다.

---

1) 당시 러시아어의 '김나지야(гимназия)'는 10세 무렵에 입학하여

"뽀르피리!"

홀쭉이를 알아본 뚱뚱이가 소리쳤다.

"자네 뽀르피리 맞지? 이 친구야, 이게 대체 얼마만 인가?"

"아니 이럴 수가!"

홀쭉이도 깜짝 놀랐다.

"미샤! 내 죽마고우! 이게 대체 어떻게 된 일인가?"

두 친구는 세 번 입을 맞춘 후 눈물이 그렁그렁한 눈으로 서로를 뚫어지게 바라보았다. 두 사람은 아연 실색한 가운데도 기쁨에 겨워 있었다.

서로 입을 맞춘 다음 홀쭉이가 말을 시작했다.

"이보게! 이렇게 만나리라곤 전혀 예상 못했네! 정말 놀라운 일이야! 자, 나를 좀 찬찬히 보게! 예전처럼 잘 생기지 않았나? 여전히 매력적이고 세련됐지? 참 감사할 일이지! 그런데 자넨 어떤가? 돈은 많이 벌었나? 결혼은 했어? 보다시피 난 이미 결혼을 했네….

8년의 교육을 받고 졸업하면 그 후 자신의 희망에 따라 바로 직업을 가지거나 대학에 입학하여 학업을 이어갈 수도 있는 교육 기관이었다. 대략적으로 현재 우리의 중학교와 고등학교를 합친 교육 체계에 상응하기에 '중·고등학교'로도 이해할 수 있다.

바로 이 사람이 내 아내일세. 이름은 루이자이고 반쩬 바흐 가문 출신이지… 루터교 신자이기도 하고…. 그리고 이 아이는 김나지야 3학년인 내 아들 나파나일이네. 나파냐[2], 이 분은 아빠의 어릴 적 친구란다! 김나지야에서 함께 공부했지!"

나파나일은 잠시 생각을 하더니 모자를 벗었다.

홀쭉이가 말을 이어갔다.

"아빠랑 김나지야 시절 친구란다! 그런데 이보게, 그때 우리 반 아이들이 자네를 뭐라고 놀렸는지 기억하나? 학교에서 지급받은 책에 자네가 담뱃불로 구멍을 내놓았다고 해서 헤로스트라투스[3]라고 놀려댔잖아. 나한테는 고자질하는 걸 좋아한다고 해서 에피알테스[4]라고 놀려댔지. 하하, 참 철없던 시절 얘기군!

---

2) '나파나일'에 대한 애칭.

3) 기원전 365년 고대 그리스의 에페소스에 있는 아르테미스 신전을 불태운 희대의 방화범의 이름. 이 신전은 전장이 130미터였으며, 20미터 높이의 기둥 수십 개로 떠받쳐 건설된 장대한 건물이었다. 헤로스트라투스는 이 희대의 범죄를 저지른 사실을 오히려 자랑스럽게 떠벌리고 다녔는데, 그가 체포되어 사형당한 이후 그의 악명(惡名)은 역사 문헌에 기록으로 남게 되었다. 그 후 이 이름은 범죄 행위를 저지르고 얻은 악명을 즐기는 자들을 상징적으로 의미하게 되었다.

4) 고대 그리스 연합군과 페르시아 간의 페르시아 2차 전쟁 중 그리

나파냐, 수줍어하지 말고 가까이 오렴…. 그리고 이쪽은 내 아내이고 반쩬바흐 가문 출신의 루터교 신자일세…."

나파나일은 잠시 생각을 하더니 아버지 뒤로 몸을 숨겼다.

이번에는 뚱뚱이가 기쁨이 넘치는 표정으로 친구를 바라보며 물었다.

"그런데 친구, 자네는 어떻게 지내나? 공직에 있다면 어디서 근무하고 있나? 이젠 높은 직위까지 올라갔겠군?"

"맞아, 공직에 있다네, 이 사람아! 난 8등관5)으로 일하고 있고 스따니슬라프 훈장도 받았지. 봉급이야 얼마 안 되지만… 별로 문제될 건 없어! 아내가 아이

스 연합군의 일원이었던 사람의 이름. 하지만 그는 기원전 480년 당시 그리스 연합군이 택한 최적의 방어지인 테르모필레의 좁은 계곡을 우회할 수 있는 방법을 페르시아 측에 몰래 알려줌으로써 그리스 연합군의 주축이었던 스파르타 군이 몰살당하도록 만들었다. 이는 페르시아 측에서 줄 막대한 보상금을 노린 배신 행위였으며, 이후 그의 이름은 밀고와 배신의 상징이 되었다.

5) 러시아 제국의 뾰뜨르 대제(=뾰뜨르 1세)는 자신의 통치 시기 (1694~1725) 후반에 국가 공무원 관제 개혁을 단행하여 이 체제가 그 후로도 이어졌는데, 문관과 무관을 최상 1등관부터 최하 14등 관까지로 구성하였다.

들을 모아서 음악 개인 교습을 하고 있고, 나는 부업 삼아 시가 케이스를 만들어 팔고 있으니까. 아주 좋은 시가 케이스야! 하나당 1루블을 받고 파는데, 열 개 이상을 사면 할인도 해 준다네. 뭐, 그럭저럭 먹고 살 만하네. 예전에는 중앙 정부 관청에서 근무했는데, 지금은 그 부처의 이곳 지부 계장으로 옮겨 왔다네⋯. 앞으로 여기서 근무하게 될 걸세. 그런데 자넨 어떤가? 아마 5등관 정도는 되었겠지? 그렇지 않은가?"

"아닐세, 이 사람아, 그것보단 좀 더 올려서 생각하게."

뚱뚱이는 이렇게 말한 후 덧붙였다.

"난 이미 3등관까지 올라갔거든⋯. 훈장도 두 개 받았고."

그러자 갑자기 홀쭉이는 얼굴이 창백해지면서 온몸이 돌처럼 굳어버렸다. 그러나 얼굴 가득 애써 미소를 지으려고 하다 보니 오히려 얼굴이 일그러졌다. 그의 얼굴과 두 눈으로부터 불꽃이 쏟아져 나오는 것 같았다. 하지만 그의 몸 전체는 움츠려들며 쪼그라지고 등은 굽어졌다⋯. 그의 여행 가방, 꾸러미, 상자 등도 쪼그라들며 찌푸리는 듯했다…. 그의 아내의 긴 턱은 더 길어졌다. 나파나일은 자세를 바로잡으며 똑바로 서더니 교복의 단추를 모두 채웠다….

"각하6)…. 저는 매우 기쁩니다! 어릴 적 친구라고 할 수 있는 분이 그런 고관이 되셨다니요! 헤헤!"

"아, 그만 하게!"

뚱뚱이가 얼굴을 찌푸리며 말했다.

"자네 말투가 왜 그런가? 자네와 난 어릴 적 친구인데 그렇게 한참 높은 사람 대하듯이 말할 필요가 뭐가 있겠나!"

"용서하십시오…. 하지만 무슨 그런 겸양의 말씀을…."

홀쭉이는 한층 더 몸을 웅크리며 가느다란 목소리로 "헤헤"하며 웃기 시작했다.

"각하께서 이렇게 관대하게 신경 써 주시니 제 몸에 촉촉하게 생기가 도는 것 같습니다. 각하, 이쪽은 제 아들놈인 나파나일… 이쪽은 아내 루이자입니다.

---

6) 4등관과 그 이상의 고위 공직자들에게는 하급자들이 '각하'(러시아어로는 'ваше превосходительство')라는 호칭을 사용했다.

루터교 신자입니다, 약간은 말이죠…."

뚱뚱이는 뭔가 불만을 제기하려 했으나, 그 순간 홀쭉이의 얼굴에 나타난 엄청나게 공손하면서 살살 웃는 표정과 비굴할 정도의 예의 바른 태도를 보니 구토가 나올 지경이었다. 그는 홀쭉이에게서 얼굴을 딴 데로 돌리고 작별의 뜻으로 손만 내밀었다.

홀쭉이는 뚱뚱이의 손가락 세 개만 쥐고는 90도 각도로 허리를 굽히더니 마치 중국인처럼 "헤헤헤" 웃기 시작했다. 그의 아내는 뚱뚱이에게 미소를 지어보였다. 나파나일은 두 다리를 딱 붙이고 인사를 하려다가 그만 모자를 떨어뜨렸다. 가족 세 명 모두는 망연자실한 가운데서도 기쁜 표정을 짓고 있었다.

카멜레온

새 외투를 입은 경찰서장 오추멜로프가 한 손에는 꾸러미를 쥔 채 시장의 광장을 가로질러 걸어가고 있다. 불그스레한 머리칼의 순경이 압수된 구스베리 열매들로 꽉 찬 소쿠리를 들고 그의 뒤를 따르고 있다. 주변은 적막하고 시장 광장에는 사람이라고는 눈에 띄지 않는다… 상점과 선술집의 열린 문들은 마치 굶주린 주둥이들처럼 이 세상을 바라보고 있다. 그 주변에는 거지들조차 얼씬거리지 않는다. 그런데 갑자기 오추멜로프의 귀에 이런 소리가 들린다.

"이 망할 놈아, 네 놈이 날 물었다는 거냐? 이보게들, 이놈을 도망가지 못하게 해! 요새는 개가 사람을 물면

안 되게 되어 있어! 좀 잡고 있어! 아이고… 이런!"

깨갱거리는 개의 비명 소리가 들린다. 오추멜로프가 그쪽을 돌아보니 상인 삐추긴의 목재 창고에서 개한 마리가 다리 세 개로 펄쩍거리다가 튀어나온 후주위를 두리번거리며 도망가는 것이 보인다. 풀 먹인 러시아식 옥양목 셔츠를 입은 어떤 남자가 조끼에 단추도 채우지 않은 채 그 개를 뒤쫓는다. 개를 따라잡은 그는 땅바닥으로 몸을 날려 개의 뒷다리를 움켜잡는다. 깨갱거리는 개의 비명 소리와 "도망가지 못하게 해!"라는 고함소리가 다시 들린다. 여기저기 상점들에서 졸린 표정의 사람들이 얼굴을 내밀더니 곧이어 마치 땅에서라도 솟아난 듯이 목재 창고 주변에 군중이 모여든다.

"서장님, 온통 엉망입니다!"

순경이 말한다.

오추멜로프는 왼쪽으로 몸을 슬쩍 돌리더니 군중쪽으로 걸음을 옮긴다. 목재 창고의 문 바로 앞까지와 보니, 위에 언급한 조끼를 풀어 헤친 사람이 오른손을 들어 피가 흐르는 자신의 손가락을 군중에게 가리

켜 보여주고 있는 것이 보인다. 반쯤 술에 취한 그의 얼굴은 '이 나쁜 놈아, 이제 대가를 치르게 해 주마!'라고 말하고 있는 듯하고, 치켜든 손가락은 승리의 깃발 같은 느낌을 준다.

오추멜로프는 이 남자가 금(金)세공사인 흐류낀이라는 것을 알아본다. 이 소동을 일으킨 장본인인 개는 군중 가운데서 앞 다리를 펼친 채 온 몸을 떨며 땅바닥에 주저앉아 있다. 주둥이가 날카롭고 등에는 누런 점이 있는 흰색 보르조이 종(種)의 강아지다. 눈물이 맺힌 강아지의 눈에서는 슬픔과 공포가 묻어나오고 있다.

오추멜로프가 군중을 헤치고 들어가면서 묻는다.

"대체 여긴 무슨 일이야? 그리고 자넨 여기서 뭣하고 있는 건가? 손가락은 또 왜 그래? … 그리고 소리를 지른 자는 누군가?"

흐류낀이 주먹으로 입을 가리고 기침하며 대답한다.

"서장님, 저는 아무도 건드리지 않고 걷고 있었고 그냥 목재에 대해 미뜨리 미뜨리치와 얘기를 나누고 있었을 뿐인데, 이 망할 놈이 갑자기 아무 까닭 없이제 손가락을 물지 뭡니까…. 죄송합니다만, 저는 일을 해야 하는 사람이고… 저의 일은 섬세한 것을 다루는 작업입니다. 그러니 제가 보상을 청구하도록 해 주십시오. 이런 손가락으로는 아마 한 주 동안은 아무 것도 할 수 없을 테니까요…. 서장님, 짐승이 한 일이니까 참아 넘겨야 한다고 법에 쓰여 있는 건 아니지 않습니까…. 만일에 누구나 개에 물리는 세상이 된다면, 그런 세상에는 살지 않는 게 차라리 낫습니다…."

"흐음… 그건 맞는 말이지."

헛기침을 하고 눈썹을 치켜 올리며 오추멜로프가 엄격한 어조로 말한다.

"맞는 말이야…. 그런데 이건 누구의 개지? 이 일은 그냥 넘어가선 안 되겠군. 개를 아무렇게나 풀어 놓으면 어떻게 되는지 보여주겠어! 이젠 규정을 지키려고 하지 않으면서 신사인 척 하기만 하는 자들도 눈여겨 보아야 할 때가 됐어! 이 뻔뻔한 개주인 놈에게 벌금을 부과한다면 내가 다스리는 이 고장에서 개나 가축을 방치하는 게 어떤 결과를 가져오는지 그 놈도 알게 될 거야. 아주 혼쭐을 내 주겠어!"

서장이 순경에게 말한다.

"이봐, 옐드이린, 누구 개인지 알아보고 보고서를 써 오게! 그리고 개는 죽여. 즉시 말이야!… 미친 개일 것이 분명하니까…. 그런데, 대체 누구 집의 개일까?"

"쥐갈로프 장군 댁의 개 같습니다!"

군중 속의 누군가가 외친다.

"쥐갈로프 장군이라고? 흐음…! 이봐 옐드이린, 내 외투를 벗겨주게…. 정말 끔찍이도 무덥구먼. 좀 있으면 비가 내릴 게 분명해."

그런 후 서장이 흐류낀에게 말을 건다.

"그런데 한 가지 이해가 안 되는 게 있어. 어떻게 이 개가 자네를 깨물 수 있었을까? 정말 이 개가 자네 손가락 높이까지 닿을 수 있을까? 이 개는 작지만 자네는 키도 크고 체격도 우람하잖아! 못질을 하다가 자네 스스로 손가락에 상처를 냈는데 그걸 이 개한테 덮어씌우려 했던 게 틀림없어. 자네는… 이런 일로 이 근방에서 유명하잖아! 그런 행동을 하는 자들은 정말 악마 같은 놈들이야!"

"서장님, 저 놈이 재미 삼아 개의 얼굴에 담뱃불을

들이댄 걸 겁니다. 그러니 개도 바보가 아닌 이상 손가락을 깨물었을 거고요. 정말 황당한 놈입니다, 서장님."

"야, 너 눈깔이 삐어서 거짓말을 하는구나! 보지도 못해 놓고 거짓말을 하는 이유가 뭐야? 현명하신 서장님, 누가 거짓말을 하고 있고 누가 하나님 앞에서처럼 양심적으로 말하고 있는지는 사람들이 다 압니다…. 만일 제가 거짓말을 하고 있다고 생각하신다면 법정에서 판결을 받게 해 주십시오. 법에 쓰여 있는 대로만 하면 됩니다. 지금은 모두가 평등한 세상이니까요…. 저한테도 헌병대에서 근무하는 형님이 있는데요…. 혹시 그게 누구인지 알고 싶으시다면…."

"뭔 놈의 판결을 받겠다는 거야!"

그때 깊이 생각한 표정으로 순경이 한마디 한다.

"서장님, 이건 장군님 개가 아니에요. 장군님 댁에 이런 개는 없습니다. 그 분이 키우는 건 이보다 훨씬 더 큰 사냥개들입니다…."

"확실히 알고 말하는 건가?"

"물론입니다, 서장님."

"나도 그렇게 알고 있어. 장군님 댁 개들이야 혈통

이 분명한 값비싼 개들이지. 하지만 이 개는 족보도 없는 똥개잖아. 털도 다 빠져 있고 모양새도 볼품없는 것이 흉측하기 짝이 없구먼…. 이따위 개를 장군님이 키우신다고? 그게 말이 되는 소린가? 이런 개가 뻬쩨르부르그나 모스크바에서 걸려들었다면 어떻게 되었을 것 같나? 법조문을 살피지도 않고 즉시 죽여 버렸을 거야! 어쨌든 흐류낀, 자네 참 고생했네. 이 일은 이대로 그냥 넘어가선 안 되겠어…. 따끔한 맛을 보여 줘야 한다는 말이지! 지금이 어떤 세상인데…."

"그런데 어쩌면 장군님 댁 개 같기도 합니다만…"

순경이 다시 중얼거리듯 말한다.

"개 낯짝에 누구의 개라고 쓰여 있지는 않지만… 일전에 이런 개를 장군님 댁 마당에서 보긴 했습니다."

"확실히 장군님 댁 개예요!"

군중 속의 누군가가 외친다.

"흐음! 이보게 옐드이린, 나한테 외투를 입혀주게…. 바람이 불기 시작했나, 왜 이렇게 몸이 오싹하지…. 그리고 이 개는 자네가 장군님 댁으로 가져다드리고 그 댁의 개인지 확인해 보게나. 내가 발견해서 보낸 거라고도 말씀드려…. 그리고 개를 거리에 내보내지 마시라고도 말씀드리게…. 아마 비싼 개일 텐데, 만일 온갖 떨거지 같은 놈들이 개 콧구멍에 담뱃재라도 쑤셔 넣으면 개가 중병에 걸릴 수도 있으니 말이야. 개는 섬세한 동물이란 말일세…. 그리고 어이 멍청이, 그 손 내려! 그 바보 같은 손가락을 보란 듯 뽐낼 필요는 전혀 없어! 이건 자네 자신의 잘못이니까!"

"장군님 댁 요리사가 오고 있네요. 저 사람에게 물어보도록 하죠…. 어이, 쁘로호르! 자네 이리 좀 와봐! 이 개를 좀 보게…. 이거 장군님 댁 개인가?"

"거 무슨 말씀을! 장군님 댁에선 이런 개를 키운 적이 전혀 없어요!"

"그럼 더 이상 물어볼 필요가 없겠군."

서장이 말한다.

"이 개는 떠돌이 개야. 이 문제로 더 이상 이러쿵저러쿵 할 필요 없어…. 장군님 댁에서 키우지 않는 개라고 하는 걸 보니 떠돌이 개임에 틀림없어. 죽여 버리면 끝날 일이야."

그때 요리사가 말을 이어간다.

"이건 장군님이 키우는 개가 아니라, 얼마 전에 방문차 와서 머물고 계신 장군님의 형님이 키우시는 개네요. 장군님은 보르조이 종은 좋아하시지 않지만, 형님께서는 좋아하셔서…."

"아니 장군님 형님께서 오셨다는 말인가? 블라지미르 이바늬치께서 말이지?"

물어보는 오추멜로프의 얼굴 전체에 감격의 미소가 번져나간다.

"아이고 이런! 그런데도 난 까맣게 몰랐군! 손님으로 오신 건가?"

"그렇습니다."

"아이고 이런…. 동생이 많이 보고 싶어서 오신 모양이군. 난 오신 줄 정말 몰랐네! 그리고 이건 그 분 개라는 말이지? 정말 기쁘군. 개를 데리고 가게. 이 개는 아주 괜찮은 녀석이야. 아주 민첩하단 말이지. 이 자의 손가락을 물었다네! 하-하-하…. 아니 쁘르호르, 자네 왜 떨고 있나? 개가 으르렁거리는군, 이 영악한 녀석이 화가 난 모양이야…. 참 귀여운 강아지일세…."

쁘로호르는 개를 부르더니 개를 데리고 목재 창고를 떠난다…. 군중이 흐류낀을 향해 깔깔댄다.

"네 놈은 나중에 꼭 혼쭐을 내주겠어!"

오추멜로프는 흐류낀을 위협하는 말을 던지더니 외투로 몸을 감싸고는 시장 광장을 따라 원래 가던 길을 간다.

아뉴따

가구가 딸린 상태로 임대해 주는 공동주택 '리사본'의 가장 값싼 방에서 의과대학 3학년 학생 스쩨빤 끌로치꼬프가 방 안을 이리저리 거닐며 열심히 의학교재 내용을 암기하고 있었다. 끊임없이 긴장하면서 암기를 했기에 그의 입안은 바짝 마르고 이마에는 땀이 솟아나 있었다.

창문 가장자리에는 얼음이 얇게 무늬를 이루며 달라붙어 있었는데, 창문 옆에는 그와 같이 사는 아뉴따가 등받이 없는 의자에 앉아 있었다. 그녀는 키가 작고 깡마른 검은 머리의 여자인데, 온순한 회색 눈에 얼굴은 매우 창백하며 나이는 25세쯤 되어보였다. 그

녀는 등을 구부린 채 붉은색 실로 남성용 셔츠의 목
깃에 수를 놓고 있었다. 서둘러 끝내야 하는 일이었
다…. 복도에 걸린 시계가 씩-씩 소리를 내며 오후 두
시를 쳤지만, 방 안은 아직 청소가 안 된 상태였다.
구겨진 이불, 내팽개친 베개들, 책들, 옷, 비눗물이 구
정물처럼 꽉 차고 담뱃재들이 그 위에 떠다니는 커다
랗고 더러운 세숫대야, 마루 위의 먼지 등 모든 것이
일부러 뒤섞고 구겨져서 하나의 혼란스러운 덩어리
로 뭉쳐 놓은 듯한 모습이었다.

"오른쪽 폐는 세 부분으로 구성되어 있다…."

끌로치꼬프가 암송했다.

"각각의 위치가 있다! 흉곽의 앞쪽 벽 상부는 네 번
째와 다섯 번째 늑골까지다. 측면은 네 번째 늑골까
지… 뒤쪽은 척추견갑골까지다."

그는 방금 외운 내용을 머리에 떠올려보려고 애쓰
며 천장을 올려다보았다. 하지만 분명하게 떠오르지
않자 조끼 위로 자신의 상부 늑골들을 더듬어보기 시
작했다.

"이 늑골이란 놈들은 피아노의 건반과 비슷하단 말

이야."

그가 말했다.

"헷갈려서 실수가 발생하지 않도록 정확성을 기하려면, 반드시 숙달해야 해. 살아 있는 사람의 늑골을 놓고도 연구해야만 한다는 말이지…. 자 그럼 아뉴따, 이제 당신 몸을 대상으로 늑골 찾기를 해볼까!"

아뉴따는 수놓는 일을 멈추고 윗옷을 벗은 후 몸을 곧추 폈다. 끌로치꼬프는 맞은편에 앉은 후 얼굴을 찌푸리더니 그녀의 늑골을 만져보며 세기 시작했다.

"음… 첫 번째 늑골은 만져지지가 않는군…. 쇄골 뒤에 있으니까 그렇겠지…. 자 이게 두 번째 늑골이겠군…. 그렇지…. 이건 세 번째… 이건 네 번째…. 음… 이렇게 되는 것이군…. 그런데 왜 그렇게 몸을 움츠리는 거야?"

"당신 손가락이 차가워서 그래요!"

"괜찮아, 괜찮아…. 그렇다고 해서 죽는 건 아니니까 몸을 돌리진 마…. 자 그렇다면 이게 세 번째고 이게 네 번째란 얘긴데…. 당신은 겉보기에는 아주 깡말랐는데 늑골은 잘 만져지지가 않아. 이게 두 번째고…

이게 세 번째인가⋯. 안 되겠어. 이렇게 헷갈리면 분명히 알 수가 없잖아⋯. 그려볼 수밖에 없겠군. 내 목탄 조각이 어디 있더라?"

끌로치꼬프는 목탄 조각을 찾아내서 집더니 아뉴따의 가슴 위에 늑골의 위치에 따라 몇 개의 평행선을 그렸다.

"훌륭하군. 손바닥처럼 다 잘 보이네⋯. 자 그럼, 이제 타진(打診) 연습을 해도 되겠어. 자 이제 일어나지!"

아뉴따는 일어나서 턱을 치켜들었다. 끌로치꼬프는 타진을 시작했는데, 너무 열중한 나머지 아뉴따의 입술과 코와 손가락이 추위로 인해 퍼렇게 되어가는 것도 눈치채지 못했다. 아뉴따는 오들오들 떨면서도 혹시나 자기가 떠는 것을 의대생이 눈치채서 목탄으로 줄을 긋고 타진하는 일을 멈출까 봐, 그래서 혹시나 자기 때문에 의대생이 시험을 망칠까 봐 두려웠다.

"이젠 확실히 알겠어."

타진을 마친 끌로치꼬프가 말했다.

"목탄 자국을 지우지 말고 그렇게 앉아 있도록 해. 그동안 난 좀 더 외울 테니까."

의대생은 다시 왔다 갔다 하면서 암송을 시작했다. 마치 문신이라도 한 듯이 가슴 위에 검은 줄들이 그어진 아뉴따는 추위에 몸을 웅크린 채 앉아서 무언가를 생각하고 있었다.

아뉴따는 지난 6~7년 동안 가구 딸린 방들을 여러 곳 전전하면서 끌로치꼬프와 같은 사람 다섯 명 정도와 같이 지냈다. 지금 그들은 모두 공부를 끝내고 사회로 나갔으며, 존경스러운 위치에 오른 사람들이 늘 그렇듯이 이미 오래 전에 아뉴따에 대해 잊었다. 그들 중 한 명은 파리에 살고 있고, 두 사람은 의사가 되었으며, 네 번째 사람은 화가가 되었다. 그리고 다섯 번째 사람은 심지어 대학교수가 되었다는 말까지 들려왔다. 끌로치꼬프는 여섯 번째 사람이다…. 이 사람도 곧 공부를 마치고 사회로 나갈 것이다. 의심할 바 없이 그의 미래는 멋질 것이며, 아마 그는 대단한 사람이 될 것이다. 하지만 현재의 상황은 아주 나빴다. 그에게는 담배도 차도 없었고 설탕은 네 조각만 남아 있었다. 가능한 빨리 수를 놓는 일을 끝마친 후 주문한 여자에게 가져다주고 25꼬뻬이까를 받아서 차와 담배를 사와야 한다.

"들어가도 되겠소?"

방 문 뒤에서 목소리가 들렸다.

아뉴따는 재빨리 어깨에 모직 숄을 둘렀다. 화가 페찌소프가 들어왔다.

"당신에게 부탁이 있어서 왔소."

이마를 덮으며 늘어진 머리카락 사이로 야수와 같은 눈빛을 보내며 페찌소프가 끌로치꼬프에게 말했다.

"부탁 하나만 들어주면 좋겠소. 당신의 아름다운 숙녀를 두 시간 정도만 빌려주시오! 알다시피, 난 그림을 하나 그리고 있는데, 여자 모델 없이는 도무지 그려지지가 않아서 말이요."

"아, 기꺼이 빌려주겠소. 아뉴따, 다녀와."

끌로치꼬츠가 승낙하며 말했다.

"지난번에도 보니까 거긴 갈 곳이 못 됐어요!"

아뉴따가 나지막이 불만을 토했다.

"아이고 무슨 소릴! 저 사람은 예술을 위해 부탁하는 거야. 뭔가 쓸데없는 일을 시키려는 게 아니란 말이지. 가능하다면 도와주지 못할 이유가 뭐가 있겠어?"

아뉴따는 옷을 걸쳐 입기 시작했다.

"그런데 뭘 그리고 있는 거요?"

끌로치꼬프가 물었다.

"프시케[1]라오. 좋은 주제지요. 그런데 왠지 잘 그려지지가 않는군요. 그래서 여러 다양한 모델들을 불러서 그려볼 수밖에 없다오. 어제는 다리가 파란 여자 한 명을 불러서 그렸죠. 다리가 왜 파랗게 됐냐고 물었더니, 아 글쎄 스타킹 색이 묻어나서 그렇다고 하더군요. 그런데 당신은 여전히 암기를 하고 있군요! 이토록 참을성이 있으니 당신은 행복한 사람이오."

"의학 공부는 암기 없이는 도저히 해나갈 수가 없어요."

"음 그렇군⋯. 그런데 끌로치꼬프 씨, 실례지만 당신은 정말 돼지처럼 살고 있군요! 대체 어떻게 이렇게 끔찍하게 해 놓고 살 수가 있는 건지!"

"그럼 뭘 어쩌란 말이요? 달리 살 수가 있어야 말이죠⋯. 아버지한테서는 한 달에 겨우 20루블을 받고 있

---

1) 그리스 신화에서 사랑의 신 에로스의 마음을 빼앗은 지상의 절세 미녀.

는데, 그 돈으론 품위 있게 살 수가 없어요."

"그건 그렇겠군요."

화가는 이렇게 말하더니 혐오스러워하는 표정으로 얼굴을 찌푸리고는 말을 이어갔다.

"하지만 그래도 이것보다는 좀 낫게 해놓고 살아야 하지 않겠소…. 교양이 있는 사람이라면 반드시 미적인 감각도 있어야 합니다. 그렇지 않나요? 그런데 이 방은 도대체 이게 뭡니까? 잠자리는 엉망이 된 채고, 저 구정물에, 먼지에…. 어제 먹다 남은 죽도 치우지 않고 접시에 그냥 있고…. 나 원 참!"

"맞는 말이요."

의대생이 당혹해하며 말했다.

"아뉴따가 오늘 일이 많아서 청소할 시간이 없었소. 계속 바빴지요."

화가와 아뉴따가 밖으로 나가자 끌로치꼬프는 소파에 누워 다시 암송을 시작했다가 얼마 후 자신도 모르게 잠이 들고 말았다. 한 시간 후에 깨어난 그는 머리를 두 주먹에 괸 채 우울한 생각에 잠겼다. 교양이 있는 사람이라면 반드시 미적 감각도 있어야 한다는 화가의 말이 떠올랐다. 그러자 자신의 환경이 실제로 혐오스러우며 구역질이 날 정도라는 사실이 느껴졌다. 그는 마음의 눈으로 자신의 미래를 그려보았다. 진찰실에서 환자들을 받고 훌륭한 여성인 아내와 함께 널찍한 식당에서 차를 마시는 그림을 말이다. 그러자 담배꽁초가 떠다니는 저 비누 구정물 세숫대야가 믿을 수 없을 정도로 추악해 보였다. 아뉴따 역시 못생기고 불결하고 불쌍한 여자로만 느껴졌다…. 그래서 그는 무슨 일이 있더라도 그녀와 속히 헤어져야겠다고 결심했다.

화가의 방에서 돌아온 아뉴따가 털외투를 벗고 있을 때 그는 소파에서 일어난 후 그녀에게 진지하게 말했다.

"이봐, 사랑스러운 아뉴따… 앉아서 내 말 좀 들어봐. 우린 헤어져야 해! 한 마디로 말해서, 난 더 이상 당신과 함께 살고 싶지 않아!"

아뉴따는 화가의 방에서 아주 지치고 기진맥진해서 돌아온 상태였다. 모델 자세로 오랫동안 서 있었기에 그녀의 얼굴은 푹 꺼지고 야위었으며 턱도 더 뾰족해졌다. 그녀는 의대생의 말에 아무 대꾸도 하지 않은 채 입술만 떨기 시작했다.

의대생이 말했다.

"우린 이르든 늦든 어쨌든 헤어져야 할 사이라는 건 당신도 알고 있잖아. 당신은 좋은 사람이고 착하기도 해. 그리고 어리석지도 않으니 내 말이 무슨 뜻인지 이해할 거야…."

아뉴따는 다시 털외투를 걸쳐 입은 후 자신이 수놓은 일감을 조용히 종이에 말고는 실과 바늘들도 한데 모았다. 설탕 네 조각이 든 봉지가 창가에 있는 것을 본 그녀는 그것을 가져다가 테이블 위의 책들 옆에 놓았다.

"이거… 당신의 설탕이에요."

나직이 말한 그녀는 눈물을 감추려고 돌아섰다.

"아니, 대체 왜 우는 거야?"

끌로치꼬프가 물었다. 그는 당혹감 속에 방 안을 서성이다가 말했다.

"당신은 정말 이상한 여자야…. 우리가 헤어져야 한다는 건 당신 자신도 알고 있잖아. 우리가 언제까지나 함께 살 순 없는 거라고."

그 사이 아뉴따는 이미 자기 보따리들을 다 싸서 들고는 작별 인사를 하려고 그를 향해 몸을 돌렸다. 그러자 그는 그녀가 불쌍해졌다.

'일주일만 더 여기서 살게 할까?'

그는 생각했다.

'그래, 좀 더 살게 해 주지 뭐. 일주일 후에 나가라고 하면 되니까.'

자신의 약한 성격에 스스로 화가 난 그는 그녀에게 호되게 소리를 질렀다.

"아니, 왜 그렇게 서 있는 거야? 갈 거면 어서 가고, 가기 싫으면 어서 외투를 벗고 남아 있어! 남으란 말이야!"

아뉴따는 말없이 조용히 털외투를 벗은 후 역시 조용히 코를 풀고 한숨을 쉬었다. 그러고는 자신이 항상 앉아있는 창가의 등받이 없는 의자 쪽으로 조용히 걸어갔다.

대학생은 교과서를 끌어당긴 후 또다시 방 안을 이리저리 돌아다니며 암송을 시작했다.

"오른쪽 폐는 세 부분으로 구성되어 있다…. 흉곽의 앞쪽 벽 상부는 네 번째와 다섯 번째 늑골까지며…."

그때 누군가 복도에서 목청을 한껏 높여 외치는 소리가 들렸다.

"그리고리, 찻물 다 끓었으니 건네 오게!"

약사의 아내

구불구불한 두세 개의 거리로 이루어진 Б.읍은 죽은 듯이 잠들어있다. 차디찬 대기 속에서 모든 것이 고요하다. 아마도 읍의 경계선 밖일 멀리 어딘가에서 가냘프고도 높은 소리로 개가 짖는 소리가 들려올 뿐이다. 곧 날이 밝을 시간이다.

이미 오래 전에 모든 것이 잠들었다. Б.약국의 주인인 약사 체르노모르직의 젊은 아내만이 못 자고 있다. 그녀는 이미 세 번이나 자리에 누워보았지만 전혀 잠이 오지 않는다. 이유는 알 수 없다. 그녀는 얇은 속옷을 걸친 채 열린 창가에 앉아 거리를 내다보고 있다. 후덥지근해서 답답한 가운데 한편으로는 따분하고 화가 났다…. 너무 화가 나서 울고 싶기까지 하다. 그 이유 역시 알 수 없다. 무슨 덩어리 같은 것이 가슴 속에 얹혀서 계속 목구멍까지 치밀어 오르는 느낌이다….

그녀로부터 뒤쪽으로 몇 걸음 떨어진 곳에서는 남편이 몸을 벽 쪽으로 돌린 채 누워서 달콤하게 코를 골고 있다. 탐욕스러운 벼룩 한 마리가 그의 양미간에 들러붙어 깨물었지만, 그는 이것을 느끼지 못하고 심지어 빙그레 미소까지 짓고 있다. 기침 감기에 걸린 읍 사람들이 끊임없이 그의 약방에 들러 '덴마크 왕의 물약'이라는 이름의 감기약을 사가는 꿈을 꾸고 있기 때문이다. 지금은 주사를 놓거나 대포를 쏘거나 애무를 해도 그를 깨울 수가 없다.

약국은 읍의 거의 끝자락에 있기 때문에 약사 아내에게는 들판 멀리까지가 눈에 들어온다…. 동쪽 하늘 끝이 조금씩 밝아오더니 얼마 후에는 마치 큰 불이라도 난 것처럼 불그스레한 색깔로 바뀌는 것이 보인다. 멀리 떨어진 관목 숲 뒤에서는 커다란 둥근 달이 불쑥 얼굴을 내밀고 있다. 붉은색 달이다(일반적으로 관

목 숲 뒤에서 솟아오르는 달은 왠지 무척 부끄러워하는 표
정을 짓는다).

그런데 갑자기 밤의 정적 속에서 누군가의 발자국
소리와 구두 뒤축의 박차가 절그럭거리는 소리가 울
렸다. 사람 목소리도 들린다.

'장교들이 경찰서장을 만나고 자기들 병영으로 돌
아가는 모양이군.'

약사의 아내가 생각했다.

잠시 후 하얀 장교복을 입은 두 사람이 나타났다.
하나는 키가 크고 뚱뚱하며 다른 하나는 좀 작고 홀
쭉하다…. 그들은 울타리를 따라 한 걸음씩 느릿느릿
걸으면서 큰 소리로 얘기를 하고 있다. 약국이 있는
위치까지 오자 두 사람은 더 천천히 걸으며 약국 창
문 쪽을 바라본다.

"약 냄새가 나는데…."

홀쭉이가 입을 열었다.

"정말 약국이 있네! 아, 기억난다…. 지난주에 피마
자기름을 사러 여기 왔었지. 여기 약사는 당나귀 턱에
시큼한 표정을 짓고 있었어. 이보게 군의관, 난 그런

턱은 정말 처음 보았다네! 바로 그런 턱을 가진 삼손이 블레셋 사람들을 엄청 죽였지."

"음 그렇군. 제약업이 잠들어 있나 보네! 약사 아내도 잠들어있겠지. 이봐, 옵쩨소프, 여기 약사의 부인은 미인이라네."

키 큰 남자가 굵직한 목소리로 말했다.

홀쭉이가 말을 이어받았다.

"나도 봤어. 내 마음에도 쏙 들더군…. 그런데 이보게 군의관, 그 여자는 당나귀 턱을 가진 그 작자를 사랑할 수 있을까? 설마 그럴까?"

"아니, 아마 사랑하지 않을 걸세!"

남편 약사가 가엾다는 듯한 표정으로 한숨을 쉬며 군의관이 말했다.

"그 자그마한 여인은 지금 약 조제실 창문 너머에서 자고 있을 거야! 알겠나, 옵쩨소프? 더워서 팔다리를 쭉 펴고… 작은 입은 반쯤 벌리고… 한쪽 발은 침대 밑으로 늘어뜨렸을 거야. 그 멍청한 약사 녀석은 자신이 얼마나 운이 좋은지 생각도 안하고 있을 거야…. 그 녀석에게 여자는 석탄산수 병 하나나 마찬가지 존재란 말일세."

"그런데 말이야, 군의관, 어때? 잠깐 약국에 들러서 뭐라도 사자고! 약사 부인을 보게 될 수도 있잖아."

장교가 걸음을 멈추며 말했다.

"그게 뭔 소리야… 이 늦은 밤에!"

"그게 뭐 어때서? 약은 밤에도 팔아야하는 의무가 있잖아. 이 사람아, 들어가 보자고!"

"뭐 그렇다면…."

커튼 뒤에 몸을 숨기고 있던 약사 아내의 귀에 둔탁한 벨 소리가 들렸다. 그녀는 여전히 달콤한 표정으로 미소를 지으며 코를 골고 있는 남편을 돌아본 후, 겉옷을 걸치고는 슬리퍼를 신고 약국 내의 판매대 쪽으로 달려갔다.

유리문 뒤에 두 사람의 그림자가 보였다. 약사 아내는 램프에 불을 켠 후 자물쇠를 따 주려고 문 쪽으로 바삐 걸어갔다. 그녀는 이미 따분하지도 않고, 화가 치밀어 오르지도 않고, 울고 싶지도 않으며, 단지 가슴이 심하게 두근거릴 뿐이었다. 뚱보 군의관과 홀쭉이 옵쩨소프가 들어온다. 그녀는 이제야 그들을 자세

히 살필 수가 있었다. 배가 불룩 나온 군의관은 거무
스름한 얼굴에 수염을 기르고 있는데 행동이 굼떴다.
그가 몸을 조금 움직일 때마다 군복에서 뭔가 뜯어지
는 듯한 소리가 나며 얼굴에는 땀이 배어났다. 한편
장교는 발그스름한 얼굴에 수염이 없고 마치 여자 같
은 외양에 영국산 채찍처럼 몸놀림이 유연했다.

"무엇을 드릴까요?"

가슴 위 옷깃을 여미면서 약사 아내가 물었다.

"어, 저기… 박하정을 15꼬뻬이까어치 주시오!"

약사 아내는 선반 위에 있는 약통을 천천히 내린
후 박하정을 꺼내 저울에 달아 측량하기 시작했다. 구
매자들은 눈도 깜박이지 않고 그녀의 등을 바라본다.
군의관은 배부른 고양이처럼 눈을 가늘게 뜨고 있고
옵쩨소프 중위는 꽤 진지한 표정이다.

"여자가 약방에서 약을 파는 건 처음 봅니다."

군의관이 말했다.

"여기선 이상할 게 하나도 없어요. 남편이 조수를
두고 있지 않아서 제가 항상 도와준답니다."

약사의 아내가 발그스름한 옵쩨소프의 얼굴을 곁

눈질하며 대답했다.

"아 그렇군요…. 약국이 참 아담하네요! 여긴 참 여러 가지 약통들이 있군요! 독약도 있을 텐데, 그 사이에서 일하는 게 무섭지도 않은가 봅니다!"

약사 아내가 박하정을 묶음으로 포장해 군의관에게 건네주자 옵쩨소프가 그녀에게 15꼬뻬이까를 주었다. 침묵 속에 30초가 흘렀다…. 남자들은 서로 눈짓을 하다가 출입문 쪽으로 걸음을 옮겼는데, 잠시 후에 다시 서로 눈빛을 교환했다.

"소다도 10꼬뻬이까어치 주시오!"

군의관이 말했다.

약사의 아내는 다시 나른한 몸짓으로 천천히 선반 쪽으로 팔을 뻗었다.

"그런데 혹시 이 약국에는 뭐 이런 거 없나요?"

옵쩨소프가 손가락으로 모양을 만들어 보여주며 중얼거렸다.

"당신도 아실 것 같은데, 비유적으로 말하자면, 원기를 북돋아주는 액체라고나 할까… 광천수 같은 거 말입니다."

"있어요."

약사 아내가 대답했다.

"브라보! 당신은 여자가 아니라 선녀군요! 광천수 세 병 정도 주세요!"

약사 아내는 서둘러 소다를 포장하고는 문 뒤의 어둠 속으로 사라졌다.

"정말 과일 같은 매력을 가진 여자야!" 군의관이 옵쩨소프에게 한쪽 눈을 깜박이며 말했다.

"옵쩨소프, 저런 파인애플은 마데이라 섬에서도 찾아볼 수 없을 거야. 그렇지 않나? 어떻게 생각해? 그런데… 코 고는 소리가 들리지 않나? 약사 나리께서 주무시는 모양이군."

잠시 후 약사 아내가 돌아와 계산대 위에 광천수 다섯 병을 놓는다. 그녀는 약 보관용 지하실에 다녀와서인지 얼굴이 발그레해져 있는데, 약간 흥분한 상태이다.

병마개를 따서 건네주던 그녀가 병따개를 떨어뜨리자 옵쩨소프가 말했다.

"아이쿠 쉿! 그렇게 소리 내지 말아요. 잘못하면 당신 남편이 깨겠습니다."

"나 때문에 깼다고 해서 그게 뭐 문젠가요?"

"남편이 저렇게 곤히 자고 있잖습니까… 꿈속에서 당신을 보면서 말입니다…. 자, 당신의 건강을 위해 마시겠습니다!"

"게다가 말입니다" 이번에는 광천수를 들이킨 후 트림을 하면서 나지막하게 군의관이 말했다.

"남편들이란 아주 지루한 존재들이라서 항상 잠만 자고 있어주는 게 차라리 낫소. 아하, 이 광천수에 붉은 포도주를 곁들인다면 참 좋을 텐데!"

"참 이것저것 잘도 생각해 내시는군요!"

약사 아내가 웃는다.

"그렇게만 곁들일 수 있다면 더할 나위 없을 텐데! 약국에서 영혼의 양식을 구할 수 없다는 건 유감스러운 일입니다! 말이 나왔으니 하는 얘긴데… 당신은 술도 약의 일종으로 팔아야 합니다. 혹시 이 약국에 비눔 갈리쿰 루브룸[1]이 있나요?"

"있어요."

---

1) 비눔 갈리쿰 루브룸(vinum gallicum rubrum): 스페인 산 붉은 포도주의 명칭.

"잘 됐군요! 그럼 그걸 주시오! 젠장 그걸 마셔야겠군. 여기로 갖다 주시오!"

"얼마나 드릴까요?"

"충분히 줘요! 일단 우리 한 사람 당 1온스씩 물 한 컵에 타서 주고, 그다음에 어떻게 할지는 두고 보겠소…. 옵쩨소프, 내 말이 맞나? 처음엔 물과 섞어 마시고 그다음엔 물 없이…."

군의관과 옵쩨소프는 진열대 옆에 앉아 모자를 벗은 후 붉은 포도주를 마시기 시작했다.

"솔직히 말해 술은 가장 추악한 것입니다. 하지만 당신 같은 … 에에… 사람과 같이 있는 데서는 술은 신들의 음료와도 같죠. 부인, 당신은 매혹적입니다! 마음속으로 당신의 손등에 키스를 보냅니다."

군의관이 말했다. 그러자 옵쩨소프가 이어받아 말한다.

"마음속이 아니라 실제로 키스할 수 있다면 난 어떤 대가라도 치르겠소. 맹세합니다! 내 목숨이라도 바치겠소!"

"이제 그만하세요!"

체르노모르직의 부인이 얼굴을 붉히고 정색을 하면서 말했다.

"그나저나 당신은 정말 애교가 많군요!"

군의관은 교활한 표정으로 눈을 치켜든 채 그녀를 바라보며 껄껄거리며 말했다.

"당신의 두 눈은 마치 총을 쏘는 것 같은 느낌이에요! 피융! 피융! 축하합니다, 당신이 이겼어요! 우리가 졌습니다!"

약사 아내는 불그스레해진 그들의 얼굴을 바라보며 수다를 듣는 사이에 자신도 곧 활기를 띠기 시작했다. 아! 이제 그녀는 기분이 참 좋다! 그녀는 대화에도 끼어들어 깔깔대며 애교를 떨기까지 했다. 심지어 구매자 남성들의 끈질긴 요청으로 붉은 포도주 2온스 정도를 마시기도 했다.

그녀가 말했다.

"장교님들, 병영에만 있지 말고 좀 더 자주 읍내로 나와 주세요! 여긴 너무 지루하단 말이에요. 정말 죽을 지경이에요."

군의관이 흠칫 놀라며 대답했다.

"당연히 자주 나올 겁니다! 자연의 기적인… 파인 애플 같은 당신이 이렇게 적막한 곳에 있었다니! 그리보예도프[2]도 '적막한 곳으로 가라!', '사라또프로 가라!'라고 멋지게 표현했었죠. 그런데 일어설 때가 되었네요. 이렇게 알게 되어서 매우 기뻤습니다… 정말로요! 다 해서 얼마 나왔나요?"

약사의 아내는 눈을 천장 쪽으로 향하더니 오랫동안 입술을 움직거렸다.

"12루블 48꼬뻬이까예요!"

그녀가 말했다.

옵쩨소프는 주머니에서 두툼한 지갑을 꺼내 오랫동안 지폐를 뒤적거리더니 값을 지불했다. 옵쩨소프가 작별의 표시로 약사 부인의 손을 잡고 중얼댔다.

"당신 남편은 달콤하게 자고 있군요… 꿈을 꾸는 것 같은데요…."

"저는 실없는 소리는 좋아하지 않아요…."

---

2) 알렉산드르 그리보예도프(Александр С. Грибоедов. 1795~1829) 는 제정 러시아를 대표하는 극작가들 중 한 명으로서 대표작 「지혜의 슬픔」(Горе от ума. 1825)으로 유명하다.

"이게 어떻게 실없는 소리라는 겁니까? 그 반대예요…. 이건 절대 실없는 소리가 아닙니다…. 셰익스피어도 '젊었을 때 마음이 젊은 사람은 축복받은 것이다!'라고 말했습니다."

"손을 놓으세요!"

마침내 두 남자는 서로 오랫동안 대화를 나누고 약사 아내의 손에 키스를 한 후, 마치 뭔가 두고 가는 것은 없는지 골똘히 생각하는 표정까지 짓다가 주저하듯 약국 문을 나섰다.

약사의 아내는 재빨리 침실로 달려가 앞서의 창문 곁에 앉았다. 군의관과 중위가 약국을 나가 어슬렁거리며 스무 걸음쯤 가다가 멈춰 선 후 뭔가 속삭이며 얘기를 나누는 것이 보였다. 무슨 얘기일까? 가슴이 두근거리고 관자놀이가 세게 뛰는 것이 느껴졌다. 이유가 뭔지는 그녀 자신도 알지 못했다…. 마치 저 두 사람이 저기서 속삭이는 내용이 자신의 운명을 결정하기라도 할 듯이 그녀의 심장이 강하게 고동쳤다.

5분쯤 지나자 군의관은 옵쩨소프와 갈라져 앞쪽으로 걸어갔고 옵쩨소프는 되돌아왔다. 그는 약국 앞을 한두 번 왔다 갔다 했다…. 그는 약국 문 앞에 멈춰 섰다 다시 가는 행동을 반복했다…. 마침내 약국 문의 벨이 조심스럽게 떨렁거리는 소리가 났다.

"뭐야? 누가 온 건가?"

갑자기 남편의 목소리가 들렸다. 그가 엄하게 말했다.

"벨 소리가 나는데 당신은 신경도 안 쓰고 있군! 도대체 왜 이 모양이야!"

남편은 자리에서 일어나 잠옷을 걸친 후 반쯤 잠에 취해 흔들거리는 몸으로 실내화를 덜거덕거리면서 판매대로 갔다.

"뭐가 필요해요?"

그가 욥쩨소프에게 물었다.

"저기… 박하정 15꼬뻬이까어치 주세요."

걸으면서도 졸고 있는 남편은 연신 하품을 하고 코를 쿵쿵거리면서 선반 쪽으로 가다가 무릎을 판매대에 부딪쳤다. 그는 선반 위에서 약통을 내렸다.

2분쯤 지난 후 욥쩨소프가 약국에서 나와 몇 걸음 간 뒤에 먼지로 덮인 길 위에 박하정을 버리는 것이 약사 아내의 눈에 보였다. 길모퉁이 쪽에서부터 군의관이 그를 향해 걸어왔다…. 두 사람은 다시 만난 후 손짓을 해대며 아침 안개 속으로 사라졌다.

"난 너무 불행해!"

다시 잠자리에 들려고 재빨리 옷을 벗는 남편을 증오에 찬 눈으로 바라보며 약사의 아내가 말했다.

"아, 난 왜 이렇게 불행할까! 그런데 아무도, 아무도 몰라…."

갑자기 쓰디쓴 눈물을 쏟으며 그녀가 되뇌었다.

이불을 뒤집어쓰면서 남편이 중얼거렸다.

"깜박하고 15꼬뻬이까를 판매대 위에 두고 왔군. 돈 궤짝 속에 넣어줘."

이 말을 한 후 남편은 곧 잠에 빠져들었다.

불행

공증인(公證人) 루반쩨프의 아내로 스물다섯 살쯤
되는 젊고 아름다운 여성 소피야 뻬뜨로브나는 이웃
별장에 머물고 있는 변호사 일리인과 함께 조용히 숲
속 오솔길을 산책하고 있었다. 오후 네 시가 좀 넘은
시간이었다. 오솔길 위쪽으로는 흰색 뭉게구름들이
깔려 있었고, 그 사이로는 선명한 푸른 하늘이 군데군
데 조금씩 엿보였다. 뭉게구름들은 마치 오래된 소나
무의 높다란 꼭대기에 걸린 것처럼 움직임이 없었다.
고요하면서도 후덥지근한 날이었다.

오솔길 멀리로 고개를 돌려보면 땅에서 약간 솟아오
른 제방에 설치된 기차 철로가 오솔길을 가로지르고

있었는데, 오늘은 무엇 때문인지 총을 든 보초가 철로를 따라 왔다 갔다 하고 있었다. 솟아오른 제방 철로 뒤쪽으로는 커다란 교회가 하얗게 빛나고 있었는데, 여섯 개의 돔 형태 지붕 위에는 녹이 슬어 있었다.

"여기서 당신을 만나리라고는 생각지도 못했어요."

소피야 뻬뜨로브나가 땅을 내려다보면서 양산 끝으로 작년에 떨어진 나뭇잎들을 건드리며 말했다.

"그리고 이렇게 만나게 된 것이 기쁘기도 해요. 당신과 마지막으로 진지하게 얘기를 나눌 필요가 있으니까요. 이반 미하일로비치[1], 당신이 진심으로 나를 사랑하고 존경한다면 내 뒤를 쫓아다니는 건 그만두세요! 당신은 그림자처럼 내 뒤를 쫓아다니고, 좋지 않은 눈길로 나를 바라보거나 사랑을 고백하고, 이상한 편지까지 써서 보내고 있는데… 그 모든 일이 언제 끝날지 모르겠어요! 아 정말, 도대체 그렇게 해서 무슨 결말을 보겠다는 거예요?"

---

[1] 변호사의 성(姓)이 '일리인'이며 '이반 미하일로비치'는 그의 이름과 부칭(父稱)임.

일리인은 아무 말도 하지 않았다. 소피야 뻬뜨로브나는 몇 걸음 걷더니 말을 이어갔다.

"우리가 알게 된 지 5년째가 되었지만 당신은 최근 2~3주 동안 너무 급격하게 변했어요. 딴 사람이 된 것 같아요, 이반 미하일로비치!"

소피야 뻬뜨로브나는 동행인을 곁눈질로 흘끔 쳐다보았다. 그는 눈을 가늘게 뜬 채 뭉게구름들을 뚫어져라 바라보고 있었다. 그는 마치 말도 안 되는 소리를 고통스럽게 참고 들어야만 하는 사람처럼, 화가 난 상태에서 까다롭고도 정신을 집중하지 못하는 표정을 하고 있었다.

루반쩨프 부인은 어깨를 으쓱하더니 말을 이어갔다.

"당신이 이런 사실을 이해하지 못하다니 놀랍군요! 당신은 그리 아름답지 않은 장난을 시작했다는 점을 이해해야 해요. 나는 결혼을 한 사람이고, 남편을 사랑하고 존경해요…. 딸도 있고요…. 설마 당신은 이 모든 걸 극히 하찮게 여기는 건가요? 게다가 당신은 나의 오랜 친구니까 가정에 대한, 그리고 가정생활의 원칙들 전반에 대한 나의 관점을 알고 있을 텐데요…."

일리인은 화가 나는 듯 기침을 하고는 한숨을 쉰 뒤 중얼거렸다.

"가정생활의 원칙이라…. 아, 맙소사!"

"네, 그래요…. 나는 남편을 사랑하고 존경해요. 그리고 어떤 경우라도 가정의 평화를 소중하게 생각해요. 나는 나 자신이 남편과 딸의 불행의 원인이 되느니 차라리 죽는 길을 택할 거예요…. 그러니까 이반 미하일로비치, 제발 나를 좀 내버려 둬 줘요. 우리 예전처럼 서로에게 친절하고 좋은 친구 관계로 지내기로 해요. 그리고 당신 얼굴에 어울리지 않는 한숨과 탄식도 이젠 그만 해요. 자, 이로써 해결됐네요. 끝난 거예요! 더 이상 이 얘기는 꺼내지도 말아요. 우리 뭔가 다른 얘기를 하기로 해요."

소피야 뻬뜨로브나는 다시 일리인의 얼굴을 곁눈질했다. 화가 난 그는 창백해진 얼굴로 위를 바라보며 떨리는 입술을 깨물고 있었다. 그녀는 그가 왜 화가 나 있고 무엇 때문에 분개하는지 알 수 없었지만, 그의 창백한 표정은 그녀를 찡하게 만들었다.

"제발 화내지 말고 친구로 지내기로 해요…. 그렇게

할 거죠? 자, 내 손 잡아요."

일리인은 그녀의 작고 포동포동한 손을 두 손으로 잡아 쥔 후 천천히 자신의 입술에 가져다댔다.

"나는 철없는 소년이 아니에요."

그가 중얼거렸다.

"사랑하는 여자와의 우정이라, 그건 전혀 내 관심사가 아닙니다."

"됐어요, 그만해요! 문제는 해결됐고 끝났잖아요. 벤치까지 왔으니 앉기로 하죠…."

달콤한 안도감이 소피야 뻬뜨로브나의 마음을 가득 채웠다. 가장 어렵고 미묘한 사항은 다 얘기했고 고통스러운 문제도 해결되어 종료되었기 때문이다. 이제 그녀는 편안하게 숨을 쉬며 그의 얼굴을 똑바로 바라볼 수 있었다. 자신을 향한 애정에 빠진 남자를 바라볼 때 느껴지는 여자로서의 이기적 우월감이 그녀를 기분 좋게 만들었다. 시커먼 턱수염을 무성하게 기른 늠름하면서도 화가 나 있는 얼굴에 강인하고도 우람한 체격을 지닌 이 남자, 현명하고 교양이 있으며 흔히 말하듯 재능이 풍부한 이 남자가 순종적인 태도로 고개를 숙인 채 자기 옆에 나란히 앉아 있다는 사실이 그녀의 마음에 들었다. 2~3분 정도 그들은 아무 말 없이 앉아 있었다.

"아직 그 어떤 것도 해결되거나 끝나지 않았어요."

일리인이 다시 말문을 열었다.

"당신은 마치 글쓰기 교본에 나와 있는 문장을 그대로 읽어주듯이 '나는 남편을 사랑하고 존경하며 내게는 가정생활의 원칙들이 있어요.'라고 내게 말하는군요. 당신이 말을 안 하더라도 그 정도는 나도 다 알고 있고 그 이상도 말해줄 수 있어요. 진실하고 솔직하게 말해 보자면, 나도 내 행동이 죄스럽고 부도덕하다고 생각합니다. 달리 뭐라고 말할 수 있겠어요? 하지만 누구라도 아는 이런 얘기를 또 해서 뭐 하겠어요? 나를 꾀꼬리처럼 생각해 초라한 먹이를 주는 것보다는 차라리 내가 어떻게 해야 할지 당신이 가르쳐 주는 편이 낫지 않겠어요?"

"그 점에 대해선 이미 당신에게 말한 바가 있어요! 이곳을 떠나세요!"

"당신도 아주 잘 알다시피 난 이미 다섯 번이나 이

곳을 떠났지만 가는 도중에 돌아왔어요. 직행 기차표를 보여줄 수도 있습니다. 모두 잘 간직하고 있으니까요. 하지만 난 당신 곁을 떠날 수 있을 만한 의지력이 없어요! 나도 나 자신과 싸우고 있어요. 엄청나게 싸우고 있다는 말입니다! 하지만 나 자신이 강단이 없고 나약하고 소심한 성격이니 그렇게 싸워봤자 무슨 소용이 있겠습니까? 타고난 성격과는 싸울 수가 없습니다. 알겠어요? 싸울 수가 없다고요! 내가 여길 떠나도 그 타고난 성격이라는 녀석이 내 옷자락을 붙잡더군요. 정말 속되고 수치스럽고 무기력한 행동의 반복이란 말입니다!"

얼굴이 붉어진 일리인은 자리에서 일어나 벤치 옆을 서성이기 시작했다.

"난 마치 개처럼 으르렁대고 있군!"

그가 주먹을 쥐며 푸념했다.

"나 자신이 밉고 경멸스럽습니다! 마치 불량소년처럼 남의 아내 꽁무니나 따라다니고, 바보 같은 편지나 써서 보내고, 자기비하나 하고 있고, 대체 이게 무슨 꼴인지… 어휴!"

일리인은 머리를 움켜쥐고 짜증이 섞인 신음을 토해내더니 벤치에 앉았다.

그는 씁쓸함이 담긴 목소리로 말을 이어갔다.

"하지만 당신도 진실하지는 않아요! 만일 당신이 나의 그 아름답지 못한 장난에 반감을 가지고 있다면 대체 왜 이곳에 나왔나요? 무엇이 당신을 이곳으로 이끌었나요? 나는 당신에게 보낸 편지들에서 항상 찬성인지 반대인지에 대해 단적이고도 솔직한 대답을 해 달라고 부탁했습니다. 그런데 당신은 솔직한 답을 써주는 대신에 매일 나와 우연히 만날 기회를 엿보았고, 만나면 판에 박힌 말로 나를 접대하고 있단 말입니다!"

소피야 뻬뜨로브나는 깜짝 놀라며 얼굴을 확 붉혔다. 그녀는 행실 바른 여자가 뜻밖의 일로 자신의 벌거벗은 몸을 드러냈을 때 느끼는 거북함을 갑자기 느낀 것이다.

"당신은 내가 당신을 가지고 놀고 있다고 의심하는 것 같군요."

그녀가 중얼거리며 말하기 시작했다.

"난 당신에게 항상 솔직한 대답을 했고… 그리고

오늘도 당신에게 부탁했잖아요!"

"아아, 이런 일에도 부탁을 한다는 말입니까? 만일 당신이 내게 '어디로든 가버려요!'라고 곧바로 솔직히 말했다면 난 이미 오래전에 여기 없었을 거예요. 하지만 당신은 그렇게 말하지 않았죠. 당신은 한 번도 내게 직접적인 대답을 하지 않았어요. 이상하게 주저하는 말만 했습니다! 당신은 정말 날 가지고 놀고 있든지, 그게 아니라면…."

일리인은 말을 끝맺지 못하고 두 주먹으로 머리를 받쳤다. 소피야 뻬뜨로브나는 자신의 행동을 처음부터 끝까지 떠올려보았다. 자신은 이 일이 벌어지고 있는 동안 행동에서뿐만 아니라 마음속 깊은 곳에서도 그의 구애를 거절해왔다는 점이 기억났다. 하지만 동시에 변호사의 말에도 어느 정도 진실이 있다는 점을 느꼈다는 것도 기억났다. 그런데 그 진실이 구체적으로 어떤 것인지는 모르기에, 아무리 생각해봐도 지금 그의 불평에 대해 답할 말이 떠오르지 않았다. 침묵을 지키는 것이 거북했기에 그녀는 어깨를 으쓱한 후 그에게 말했다.

"그럼 나도 잘못이 있다는 뜻이군요."

"당신이 솔직하지 못했다고 탓하는 건 아닙니다."

일리인이 한숨을 쉬었다.

"말을 하다 보니 얘기가 거기까지 흘러갔을 뿐입니다… 당신이 솔직하지 못했던 것은 자연스럽고도 당연한 현상이었을 겁니다. 만일 세상 모든 사람들이 서로 미리 약속이라도 한 듯이 갑자기 솔직해진다면 세상 모든 것이 엉망진창이 되어버릴 겁니다."

소피야 뻬뜨로브나는 철학 얘기를 할 마음 상태는 아니었지만 화제를 바꿀 기회가 온 것이 기뻐서 물었다.

"그건 왜 그렇죠?"

"왜냐하면 야만인들이나 짐승들만이 솔직하기 때문입니다. 세상이 문명사회가 되는 과정에서, 예를 들어, 여자로서 갖춰야 할 미덕(美德)과 같은 달짝지근한 개념이 도입된 후에는 솔직함이라는 개념은 이미 설자리가 없게 된 거죠."

일리인은 화를 내며 지팡이로 모래를 쑤셔댔다. 루뱐쩨프 부인은 그의 말을 대부분 이해할 수 없었지만,

그래도 그의 말을 듣는 것이 기뻤다. 무엇보다도, 재능이 있는 남자가 자신과 같은 평범한 여자와 지적인 주제로 이야기를 나눈다는 사실이 그녀의 마음을 흡족하게 했던 것이다. 한편으로는 일리인의 젊은 얼굴이 창백해졌다가 다시 생생해지고 그러면서도 여전히 화가 난 표정을 띠고 있는 모습을 지켜보는 것도 그녀에게 큰 만족감을 주었다. 그녀는 일리인 말의 상당 부분을 이해하지 못했지만, 현대적인 인간으로서의 그가 조금의 주저나 의혹도 없이 중요한 주제를 풀이하고 최종 결론까지 이끌어내는 멋진 대담성만큼은 그의 말 속에서 확실하게 느껴졌다.

그녀는 자신이 이 남자에게 감탄하고 있다는 사실을 문득 깨닫고는 스스로 깜짝 놀랐다. 그녀는 서둘러 말했다.

"죄송하지만 난 잘 이해할 수가 없어요. 당신은 무엇 때문에 솔직하지 못함이라는 문제를 끄집어냈던 거죠? 다시 한번 부탁할게요. 훌륭하고 선량한 친구로 남아줘요. 그리고 나는 이대로 그냥 내버려 둬 줘요! 진심으로 부탁하는 거예요!"

일리인은 한숨을 쉰 뒤 말했다.

"좋습니다. 나 자신과 좀 더 싸워보도록 하겠습니다! 노력을 해볼 수 있게 되다니 기쁩니다. 하지만 나 자신과의 투쟁에서 의미 있는 결과가 나올 것 같지는 않군요. 내 이마에 총알을 박아 넣든지, 아니면… 아주 멍청한 방식으로 고주망태가 되든지 하겠죠. 어쨌든 나는 고통스러운 상태가 될 겁니다! 모든 일에는 한계라는 게 있는데, 자신의 천성과의 투쟁도 마찬가지입니다. 하나 묻겠는데, 광기(狂氣)와는 어떻게 싸워야 합니까? 만일 당신이 술을 흠뻑 마셨다면 어떻게 흥분을 가라앉힐 수 있겠습니까? 만일 당신의 모습이 내 마음속에서 자라나서 낮이고 밤이고 사라지지 않고 지금 저 소나무처럼 내 눈앞에서 아른거린다면 어떻게 할 수 있을까요? 나의 모든 생각, 희망, 꿈들이 나 자신이 아닌 내 마음속으로 파고든 어떤 악마의 것이 되어버렸을 때 그 혐오스럽고도 불행한 상태에서 벗어나려면, 어떤 훌륭한 일을 해서 상쇄를 시켜야 하는지 가르쳐 주세요. 나는 당신을 사랑합니다. 너무나 사랑하기에 정상 궤도에서 벗어났고 일과 친구들도 버렸고 신(神)마저 잊어버렸습니다. 지금껏 살아오면서 이토록 누군가를 사랑해 본 적은 없습니다!"

대화가 이렇게 변할 것이라는 점을 예상치 못했던 소피야 뻬뜨로브나는 일리인으로부터 물러선 후 깜짝 놀란 눈으로 그를 쳐다보았다. 그의 두 눈에서는 눈물이 흐르고 있었고 입술은 떨리고 있었으며 얼굴 전체에는 굶주린 자가 무언가를 간구하는 듯한 표정이 가득했다.

"나는 당신을 사랑합니다!"

그는 자신의 눈을 겁먹은 듯 크게 뜬 그녀의 눈 쪽으로 가까이 가져가며 중얼거렸다.

"당신은 무척 아름답습니다! 나는 지금 고통을 받고 있지만, 맹세하건대, 당신의 눈을 바라보며 고통을 받는 거라면 평생이라도 이렇게 앉아있을 수 있습니다. 아아…! 아무 말도 하지 말아주세요, 제발 부탁입니다!"

소피야 뻬뜨로브나는 별안간 뜻밖의 일을 당하기라도 한 것처럼, 일리인을 제지할 수 있는 말을 황급히 생각해내려고 했다. 그녀는 '그만 가야겠다!'라고 마음먹었지만 벤치에서 몸을 일으키기도 전에 일리인은 이미 그녀의 발 앞에 무릎을 꿇은 상태였다….
그는 그녀의 무릎을 끌어안은 채 얼굴을 올려다보며
뜨겁고도 열정적으로 아름다운 말들을 쏟아냈다. 공
포와 혼란 때문에 그의 말은 제대로 그녀의 귀에 들
어오지 않았다.

그런데 자신의 무릎이 따뜻한 욕조 속에서 기분 좋
게 조여드는 듯한 느낌이 든 그 위험한 순간, 그녀는
왠지 어떤 사악하고도 교활한 생각에 잠겨 이 느낌에
서 의미를 찾으려고 했다. 그녀는 자신이 그의 행동을
뿌리치는 여인으로서의 정숙함을 보여주지 않고, 정
신없이 술에 취해 있는 주정뱅이에게서나 나타날 법
한 무기력과 나태함과 공허함에 젖어들었다는 사실
때문에 자기 자신에게 화가 났다. 단, 마음속 깊은 곳
멀리 어딘가에서 한 조각 목소리가 '너는 왜 이 자리
를 떠나지 않는 거지? 그렇다면 이렇게 되는 것이 당
연하다는 뜻이니?'라고 짓궂게 놀리고 있다는 것은
느낄 수 있었다.

이 상황을 되짚어보면서도, 그녀는 일리인이 거머
리처럼 달라붙어 자신의 손을 잡았을 때 그 손을 빼

지 않은 이유를, 그리고 혹시 누가 보지 않을까 염려하며 일리인과 함께 서둘러 좌우를 살폈던 이유를 스스로 이해할 수가 없었다. 못된 짓을 하는 것을 보았지만 뇌물을 받고 나서는 그 장면을 높은 사람에게 보고하지 않겠다고 안심시키는 늙은 수위 아저씨들처럼, 소나무와 구름은 꼼짝도 하지 않은 채 이 두 사람을 준엄하게 바라볼 뿐이었다. 저 멀리 솟아오른 제방의 철로 주변에 꼼짝 않고 서 있는 보초가 이쪽 벤치를 쳐다보는 것 같기는 했다.

'볼 테면 보라지!'

소피야 뻬뜨로브나가 생각했다.

마침내 그녀가 절망적인 목소리로 말했다.

"하지만… 하지만 내 말을 들어줘요! 이런 행동을 해서 무슨 결말을 보겠다는 거예요? 이러면 앞으로 어떤 일이 일어나겠냐고요?"

"몰라요, 나도 모르겠어요…."

일리인은 듣기 싫은 질문을 회피하기라도 하듯이 손을 앞으로 휘휘 저으며 다시 그녀에게 속삭이기 시작했다.

쉭쉭거리는 기관차의 요란한 기적 소리가 들려왔다. 일상적으로 움직이는 외부 세계의 이 싸늘한 소리가 루뱐쩨프 부인을 번쩍 정신이 들게 만들었다.

"이젠 시간이 없어요…. 난 돌아가야 해요!"

급히 몸을 일으키며 그녀가 말했다.

"기차가 오고 있어요…. 안드레이가 저 기차를 타고 도착할 거예요. 그에게 저녁을 차려줘야 해요."

소피야 뻬뜨로브나는 상기된 얼굴로 기차 길 쪽을 바라보았다. 천천히 지나가는 기관차에 다른 차량들이 연결되어 뒤따르고 있었다. 그것은 루뱐쩨프 부인이 생각했던 별장을 지나는 일반 기차가 아니라 화물 열차였다. 기차의 차량들은 흰색 교회를 배경으로 마치 인생의 나날들을 보여주듯이 꼬리를 물고 길게 이어져 지나갔는데, 끝이 없을 것 같았다.

하지만 마침내 기차 행렬은 끝이 나면서 등불이 켜져 있고 차장이 탄 마지막 차량까지도 푸른 숲 너머로 사라졌다. 소피야 뻬뜨로브나는 몸을 핵 돌린 후에 일리인은 쳐다보지도 않고 숲속 오솔길을 따라 되돌아갔다. 그녀는 이미 자제력을 발휘하고 있었다. 그녀는 수치심 때문에 얼굴이 달아올라 있었다. 그것은 일리인에 의해 자신이 모욕당했다는 생각 때문은 아니었다. 전혀 그 이유 때문이 아니었다. 그녀는 도덕적이고 순결하다고 생각했던 자신이 다른 남자로 하여금 자신의 무릎을 끌어안도록 허용한 소심함과 파렴치함 때문에 수치심을 느껴 얼굴이 달아올랐던 것이다. 이제 그녀는 한시 바삐 별장의 가족에게로 돌아가야 한다는 생각밖에 없었다. 변호사는 간신히 그녀의 뒤를 따라 걸어갈 수 있었다. 숲속 오솔길을 벗어나 다른 오솔길로 방향을 잡은 후 그녀는 그야말로 재빨리 뒤를 돌아보았는데 일리인의 바지 무릎 쪽에 붙은 모래알들만 살짝 보였다. 그녀는 일리인에게 뒤따라오지 말라고 손짓했다.

뛰어서 집에 도착한 후 소피야 뻬뜨로브나는 5분쯤 꼼짝 않고 자신의 방에서 창밖을 바라보기도 하고 책상을 쳐다보기도 하면서 서 있었다.

"추잡한 년!"

그녀는 자신을 욕했다.

"추잡한 년!"

그녀는 일부러라도 그때까지의 모든 일을 아무 것도 숨기지 않고 아주 세세하게 떠올려보았다. 자신은 항상 일리인의 구애를 거절해왔지만, 자신의 입장을 설명하러 그를 만나러 가는 것에는 마음이 끌렸다. 게다가 그가 자신의 발아래 몸을 던졌을 때는 야릇한 희열을 느끼기도 했다. 자신을 동정하지 않으면서 이 모든 일을 낱낱이 떠올려보자 부끄러움으로 숨이 막히면서 스스로 자신의 따귀를 갈기고 싶은 생각까지 들었다.

'가엾은 안드레이!'

그녀는 가능한 상냥한 표정을 지으려고 애쓰면서 남편에 대해 생각했다.

'가엾은 내 딸 바랴는 자기 엄마가 어떤 사람인지 모르겠지! 사랑하는 사람들아, 나를 용서해 줘! 나는 정말 당신들을 사랑해…. 정말로!'

그런 후 그녀는 자신은 여전히 좋은 아내이자 엄마이며 일리인에게 말했던 가정생활의 원칙이 아직 무너지지 않았음을 스스로 자신에게 입증하기 위한 행동을 했다. 그녀는 부엌으로 달려간 후 아직 안드레이

일리치를 위한 식사 준비를 하지 않은 여자 하녀에게
호통을 쳤다. 그녀는 기진맥진하고 굶주렸을 남편의
모습을 떠올리려 애쓰며 그가 불쌍하다고 일부러 소
리 내어 말했고, 예전에는 자신이 전혀 한 적 없는 식
탁 차리는 일을 손수 했다. 얼마 후 딸 바랴를 발견한
그녀는 두 손으로 딸을 안아 올린 후 열정적으로 안
아주었다. 딸의 몸은 차갑고 무겁게 느껴졌지만, 그녀
는 그런 느낌을 떨치기 위해 딸에게 아빠가 얼마나
훌륭하고 정직하며 선량한 사람인지를 설명하기 시
작했다.

하지만 얼마 후 남편 안드레이 일리치가 도착했을
때 그녀는 남편과 거의 인사도 나누지 못했다. 꾸며낸
감정은 잠시 넘쳐났다가 아무 것도 증명하지 못한 채
그 거짓으로 말미암아 그녀 자신을 자극하고 짜증나
게 만든 후 사라져버렸다. 그녀는 창가에 앉아 괴로워
하며 화를 냈다. 사람들은 실제로 불행 속에 빠져봐야
자신의 감정과 생각을 스스로 다스리기가 얼마나 어
려운지 깨닫게 된다. 그녀는 날아가는 참새들의 숫자
를 헤아리기 힘든 것과 마찬가지로, 그때 자신의 마음

속은 상황 판단을 하기 힘든 뒤죽박죽인 상태였음을 나중에 얘기한 적이 있었다. 예를 들어, 그때 그녀는 남편이 집에 도착한 것이 기쁘지 않았으며 식탁에서의 태도도 마음에 들지 않았기에 갑자기 자신의 마음속에 남편에 대한 증오심이 싹트고 있다는 결론을 내려버린 것이다.

허기와 피로에 지쳐있던 안드레이 일리치는 수프가 나오기를 기다리다가 대뜸 소시지에 먼저 달려들어 관자놀이를 실쭉거리며 게걸스럽게 쩝쩝 소리를 내면서 먹었다.

'아이고 저런!'

소피야 뻬뜨로브나가 생각했다.

'난 저이를 사랑하고 존경도 하지만… 저렇게 흉측하게 쩝쩝거리면서 먹는 이유는 뭘까?'

감정에 못지않게 생각에도 혼란이 일어났다. 불쾌한 생각과 싸워본 경험이 없는 사람들이 모두 그러하듯이 소피야 뻬뜨로브나 역시 온 힘을 다해 자신의 불행에 대해 생각하지 않으려고 애썼다. 그런데 그렇게 애를 쓸수록 일리인의 모습과 그의 무릎에 묻은 모래알들, 뭉게구름, 기차 등이 더 또렷하게 그녀의 머릿속에 떠올랐다….

'그런데 나는 오늘 왜 어리석게도 그곳에 갔던 걸까?'

그녀는 괴로워했다.

'나는 정말 자신의 행동에 대해 책임을 질 수 없는 여자일까?'

공포심을 가지면 뭐든 걱정스러운 법이다. 안드레이 일리치가 마지막 접시를 비웠을 때 그녀는 '남편에게 모든 걸 다 얘기하고 위험에서 벗어나야 한다!'라고 이미 생각을 굳힌 상태였다.

"안드레이, 나 당신과 진지하게 상의할 게 있어."

식사를 마친 후에 자리에 누워 쉬려고 프록코트와 장화를 벗고 있던 남편에게 그녀가 말문을 열었다.

"뭔데?"

"여길 떠나자!"

"음… 어디로? 도시로 돌아가긴 아직 이르잖아."

"아니, 그것 말고 여행 말이야. 아니면 여행 비슷한 뭐라도…."

"여행이라…."

공중인은 기지개를 켜며 중얼거렸다.

"나도 여행 생각을 해볼 때가 있기는 한데, 우리한 테 그럴 만한 돈이 어디서 갑자기 생기겠어, 그리고 사무실은 누구한테 맡기고?"

그는 잠시 생각하더니 이렇게 덧붙였다.

"확실히 당신이 무료한 모양이군. 정 원한다면 당 신 혼자 다녀오도록 해!"

소피야 뻬뜨로브나는 이 생각에 동의했다. 하지만 곧 일리인이 이 기회가 생긴 것을 기뻐할 것이라는 생각과 함께 그가 자신과 같은 기차, 같은 칸에 타고 가는 상상까지 했다…. 그녀는 이런 생각에 잠긴 채, 배부르게 식사한 후에도 여전히 피곤한 상태로 나른 하게 누워 있는 남편을 바라보았다. 무슨 이유에서인 지 그녀의 시선이 줄무늬 양말을 신고 있는 여자나 다름없는 조그만 남편의 발에 멈추었다. 양말 양쪽의 발가락 끝 부분에는 실밥이 삐져나와 있었다….

내려진 커튼 뒤에서 벌 한 마리가 앵앵 소리를 내 며 창문 유리창에 부딪히는 소리가 들렸다. 소피야 뻬 뜨로브나는 남편 양말의 삐져나온 실밥을 바라보고

벌의 앵앵 소리를 들으며 한편으로는 기차를 타고 가는 자신의 모습을 상상했다…. 일리인은 밤낮으로 그녀에게서 눈을 떼지 않고 맞은편에 앉아 자신의 무력함에 화가 난 표정을 지으며 정신적인 고통으로 얼굴이 창백한 상태이다. 그는 자신을 방탕한 소년으로 자처하기도 하고 그녀를 비난하기도 하며 자신의 머리카락을 쥐어뜯기도 한다. 하지만 어둠이 내리기를 기다렸다가 승객들이 잠들거나 정거장으로 나간 틈을 타서는 예전 숲속 벤치에서처럼 그녀 앞에 무릎을 꿇고 다리를 끌어안는다….

그녀는 자신이 상상에 빠져있다는 사실을 문득 깨달았다….

그녀가 말했다.

"여보, 난 혼자 가진 않을 거야! 당신도 나와 함께 가야 해!"

루뱐쩨프가 한숨을 쉬며 말했다.

"소포치까[2], 그건 가능성이 없는 얘기야! 좀 진지한 태도로 실현 가능성이 있는 것만 원하도록 해."

---

2) 아내 소피야에 대한 애칭.

'내 사정을 알게 된다면 당신도 함께 가 줄 거야!'
소피야는 속으로 생각했다.

어떻게 되든 일단 떠나기로 결심하자 그녀는 자신이 위험에서 빠져나온 듯한 느낌이 들었다. 생각이 점차로 조금씩 안정되면서 기분도 좋아졌고 심지어 자신을 둘러싼 모든 일에 대해 생각해 볼 마음의 여유도 생겼다. 하지만 아무리 생각을 하고 상상을 해봐도 이곳을 떠나야만 한다는 생각은 확고부동했다! 남편이 자는 사이 조금씩 밤 시간이 다가왔다…. 그녀는 응접실에 앉아서 피아노를 쳤다. 창밖에 들리는 활기 넘치는 저녁의 소음, 음악 소리, 하지만 무엇보다도 자신이 영리한 사람이며 불행에 잘 대처했다는 생각에 그녀는 기분이 아주 좋아졌다. 그녀의 평온해진 양심은, 다른 여자들이라면 그녀와 같은 처지에서는 아마도 견뎌내지 못하고 회오리바람에 휩쓸렸을 것이라고 말하고 있었다. 그녀는 자신이 수치스러움에 정말 어쩔 줄 몰라 하며 고통스러워하기도 했던 시간도 있었지만, 지금은 위험에서 벗어나 있다고 느꼈다. 그런 위험이 어쩌면 원래부터 존재하지 않았을지도 모른다고 생각하기까지 했다. 그녀는 자신의 정숙함과 결단력에 스스로 감동한 나머지 거울에 비친 자기 모습을 세 번이나 바라보았다.

밤이 되자 손님들이 도착했다. 남자들은 카드놀이를 하기 위해 식당에 자리 잡았고, 부인들은 응접실과 테라스를 차지했다. 가장 늦게 모습을 보인 사람은 일리인이었다. 그는 슬프고 침울한 낯빛을 보였으며 마치 병자처럼 보이기도 했다. 그는 소파 한쪽 귀퉁이에 앉은 후 저녁 내내 전혀 자리에서 일어나지 않았다. 평소에는 명랑하고 대화를 즐기는 그였지만 오늘은 얼굴을 찌푸린 채 한 마디도 하지 않고 눈 주위를 긁고만 있었다. 누군가의 질문에 대답해야 할 때면 그는 억지로 윗입술만 미소를 띠며 화난 듯 띄엄띄엄 대답했다. 그는 다섯 번쯤 재치 있게 농담을 했지만 그 농담 역시 거칠고 오만했다. 소피야 뻬뜨로브나의 눈에는 그가 신경질을 부리고 있는 것처럼 보였다.

피아노 앞에 앉아 있던 그녀는 그때서야 이 불행한 남자가 농담할 기분이 아니며 마음에 병이 들어서 안정을 찾지 못하고 있다는 점을 처음으로 분명히 깨달았다. 그는 그녀를 위해 출세도 마다하고 청춘의 귀중한 날들도 버렸으며, 마지막 남은 돈은 별장에 써버렸고 어머니와 누이들의 운명도 내던졌다. 하지만 가장 중요한 것은 자기 자신과의 투쟁에서 지쳐 쓰러지고 있다는 점이었다. 단순하고도 일상적인 박애심의 측면에서라도 그를 진지하게 대했어야 했는데…. 그녀는 마음속에 고통을 느낄 정도로 이 모든 것을 분명히 깨달았다. 그랬기에 이 순간 그녀가 그에게 다가가 '안 돼요!'라고 말했다면 그녀의 목소리에는 그가 거부하기 힘든 힘이 실렸을 것이다. 하지만 그녀는 그에게 다가가지 않았거니와 말을 걸지도 않았다. 아니, 말을 걸 생각조차 하지 않았다….

젊은 영혼의 속 좁은 이기심이 그녀에게서 이날 밤만큼 강렬하게 나타난 적은 없었다. 그녀는 불행한 일리인이 마치 바늘방석 위처럼 소파 위에 앉아 있다는 점을 알고 있었고 그러한 일리인의 처지에 대해 가슴이 아프기도 했지만, 이와 동시에 고통스러울 정도로 자신을 사랑하는 한 사람이 그 자리에 있다고 생각하니 가슴 속에 승리감과 자신의 힘에 대한 자부심이 가득 차올랐다.

그녀는 자신의 젊음, 미모, 범접하기 어려운 도도함을 자각하고 있었으며, 어차피 그곳을 떠나기로 결심한 이상 그날 밤은 자유롭게 행동하기로 마음먹었다. 그녀는 사람들에게 교태를 부리기도 하고 끊임없이 깔깔대기도 하며 특별한 감정과 영감으로 노래를 부르기도 했다. 주위의 모든 것이 즐겁고 재미있게 느껴졌다. 벤치에서의 일과 자신을 바라보던 보초병에 대해 회상하는 것도 재미있었다. 그녀에게는 손님들도, 일리인의 오만한 농담도, 그때까지 본 적이 없던 일리인의 넥타이핀도 우스웠다. 그 넥타이핀은 다이아몬드 눈알이 박힌 붉은 뱀 모양이었는데, 몇 번이나 키스하고 싶은 생각이 들 정도로 우습게 느껴졌다.

그녀는 다소 술에 취해 들떠 오르고 예민해진 상태로 로망스 곡들을 불렀다. 그녀는 마치 타인의 슬픔에 대해 조소하듯이, 잃어버린 희망과 과거와 늙음을 주제로 한 슬프고도 우울한 로망스 곡들만 골라서 불렀다….

"늙음은 점점 더 가까이 다가오고 있는데…."

그녀는 노래했다. 하지만 그녀가 늙음에 대해 무슨 관심이 있었겠는가?

'내 마음 속에서 뭔가 이상한 일이 일어나고 있는 것 같다….'

웃으며 노래하는 중간에도 그녀는 때때로 이런 생각이 들었다.

손님들은 밤 12시에 흩어져서 돌아갔다. 맨 나중에 간 것은 일리인이었다. 아직도 술기운으로 들떠 있던 소피야 뻬뜨로브나는 일리인을 테라스 맨 아래 계단까지 배웅해 주기까지 했다. 마지막 순간 그녀는 자신이 남편과 함께 떠난다는 사실을 일리인에게 알리고 이 소식이 그에게 어떤 효과를 발생시키는지 보고 싶어졌다.

달은 구름 뒤로 숨어 있었지만, 일리인의 외투 끝자락과 테라스의 휘장이 바람에 흔들리는 모습이 보일 만큼 주위는 환했다. 일리인의 창백한 얼굴과 억지로 미소를 지으려고 윗입술을 일그러뜨리는 모습이 그녀의 눈에 들어왔다….

그런데 그때 그녀가 말을 꺼내려하는 것을 가로막

으며 일리인이 중얼거렸다.

"소냐, 소네치까, 나의 소중한 여인! 사랑스러운 사람, 어여쁜 사람!"

그는 울먹이는 목소리로 부드러운 듯하면서도 격정적인 말투로 계속해서 그녀에게 상냥한 사랑의 단어들을 퍼부었다. 계속해서 상냥하게 쏟아내는 말 속에서 그는 어느덧 그녀를 마치 아내나 애인을 부르듯 '당신'이 아닌 '너'라고 부르기까지 했다. 그러고는 그녀가 예상치 못한 순간 갑자기 한 손으로 그녀의 허리를 껴안고 다른 손으로는 그녀의 팔꿈치를 잡았다.

"나의 소중한 여인, 매혹적인 여인!"

그는 그녀의 목덜미 뒤쪽에 키스하며 속삭이기 시작했다.

"이젠 솔직해져요! 그리고 내게로 와요!"

그녀는 그의 포옹에서 빠져나온 후 분노를 터뜨리기 위해 얼굴을 쳐들었다. 하지만 분노는 드러나지 않았으며, 그녀가 자랑했던 정숙과 순결 대신에 이와 비슷한 상황에서 모든 평범한 여자들이 내뱉기 마련인 문구를 읊고 말았을 뿐이다.

"당신 제정신이 아니군요!"

"상관없어요. 나랑 떠납시다!"

일리인이 말을 이어갔다.

"지금 이곳에서, 그리고 그때 벤치에서도, 나는 확신이 들었습니다. 당신도 나와 마찬가지로 무기력한 존재라는 걸 말입니다… 이렇게 계속 살면 당신도 나처럼 고통스러워질 뿐이에요! 당신은 나를 사랑하면서도 지금 쓸데없이 자신의 양심과 흥정을 하고 있는 겁니다…."

그녀가 가려는 것을 보자 그는 그녀의 레이스 옷끝을 붙잡고 재빨리 말했다.

"오늘이 아니면 내일이라도 당신은 운명의 힘에 굴복해야 해요! 시간을 끌 필요가 뭐가 있나요? 나의 소중하고도 사랑스러운 소녀, 판결은 이미 내려졌는데 왜 집행을 미루는 건가요? 무엇 때문에 자기 자신을 속이려고 하는 겁니까?"

소피야 뻬뜨로브나는 그를 뿌리치고 집 안으로 뛰어 들어갔다. 응접실로 간 그녀는 습관적으로 피아노 뚜껑을 닫은 후 오랫동안 악보의 속표지를 바라보다가 의자에 앉았다. 그녀는 서 있을 수도, 생각에 잠길 수도 없었다… 흥분과 격정 뒤에 그녀에게 남은 것은 단 하나, 즉 나태함과 권태로움이 뒤섞인 끔찍할 정도로 나약한 자신의 모습에 대한 인식뿐이었다.

양심은 그녀에게 '너의 오늘 밤 행동은 정신 나간 소녀처럼 추하고 어리석었다. 조금 전에는 테라스에서 포옹에 몸을 맡겼고 지금까지도 허리와 팔꿈치 부근에 야릇한 느낌이 남아 있지 않느냐.'라고 속삭였다. 응집실에는 아무도 없었고 촛불만이 타오르고 있었다. 그녀는 무엇을 기다리기라도 하듯이 피아노 앞 등받이 없는 둥근 의자에 미동도 하지 않고 앉아 있었다. 극도로 지친 그녀의 심신과 어둠을 이용하기라도 하듯이, 뿌리치기 힘든 욕망이 그녀를 압박하며 사로잡았다. 그 욕망은 마치 큰 뱀처럼 그녀의 사지와 영혼을 얽어맨 후 매 순간 더 크게 자라났다. 그러고는 이미 위협 수준이 아닌, 적나라한 형태로 뚜렷하게 그녀 앞에 모습을 드러냈다.

그녀는 일리인에 대한 생각을 하며 꼼짝도 하지 않고 30분 정도 앉아 있다가 천천히 일어나서 간신히 침

실로 걸음을 옮겼다. 안드레이 일리치는 이미 침대에
누워 있었다. 그녀는 열려있는 창가에 앉아서 욕망에
몸을 맡겼다. 그녀의 머릿속에 이미 혼란은 없었고 모
든 감정과 생각은 하나의 뚜렷한 목표 근처로 한꺼번
에 뭉쳐졌다. 그녀는 그 목표와 싸워보려 했으나 곧바
로 한 손을 내저으며 포기했다…. 그녀는 자신의 적인
그 목표가 얼마나 강력하고 깨뜨리기 힘든 건지 깨달
았다. 그 적과 싸우려면 힘과 불굴의 정신이 필요했다.
하지만 자신의 혈통, 받은 교육, 살아온 삶에도 불구하
고 그것들은 그녀가 기댈 만한 힘을 주지 못했다.

'부도덕한 년! 추잡한 년!'

그녀는 자신의 무력함에 대해 이를 갈았다.

'너는 원래 이런 여자였니?'

그녀는 이러한 나약함으로 인해 이제 자신의 정숙
성도 망가졌다고 분개한 나머지 자기가 알고 있는 모
든 욕설을 자신에게 퍼부었다. 또한 자신이 생각하는
창피하고도 굴욕적인 많은 진실을 스스로 자신에게
뇌까렸다. '내가 도덕적인 여자였던 적은 한 번도 없
어', '내가 타락한 모습을 예전에 보이지 않았던 것은

그럴 만한 구실이 없었기 때문이야', '내가 오늘 하루 종일 벌인 투쟁은 장난스러운 코미디였어'. 이런 것들이 그녀가 자기 자신에게 말한 내용이었다.

그녀는 생각했다.

'내가 싸워왔다고 치자. 하지만 그건 대체 어떤 종류의 싸움이었던가! 몸을 파는 여자들도 팔리기 직전까지는 자신과 투쟁하지만 결국 몸을 팔게 되지. 참 훌륭한 투쟁이야! 우유처럼 하루 만에 변질되고 마는 투쟁이잖아! 단 하루만에!'

그녀는 자신을 이 집에서 끌어내는 것은 자신의 감정도 아니고 일리인의 인성(人性)도 아니며, 다름 아닌 자신을 기다리는 새로운 삶의 감각이었다는 점을 고통스럽게 깨달았다…. 이 별장에 머무는 많은 한가한 부인들이 기대하는 것과 마찬가지인 그러한 새로운 삶의 감각 말이다!

"어미를 잃은 새끼 새처럼…."

누군가 창밖에서 가느다랗고 쉰 목소리로 노래했다.

'만일 가야 한다면 바로 지금이다.'

소피야 뻬뜨로브나는 생각했다. 갑자기 심장이 강

하게 뛰기 시작했다.

"안드레이!"

그녀는 큰 소리로 남편을 불렀다.

"여보, 우리… 우리 여행 떠날 거지? 그렇지?"

"그렇긴 한데…. 당신 혼자 떠나라고 이미 말했잖아!"

"하지만 여보…."

그녀가 말했다.

"당신이 나랑 함께 가주지 않으면 앞으로 나를 절대 못 보게 될 수도 있어! 나… 다른 사람을 사랑하게 된 것 같거든!"

"누구를?"

안드레이 일리치가 물었다.

"내가 누구를 사랑하게 됐든 당신한테는 관심거리도 아니잖아!"

소피야 뻬뜨로브나가 소리쳤다.

안드레이 일리치는 침대에서 일어나 두 다리를 침대 아래로 늘어뜨린 후 놀란 표정으로 아내의 침울한 모습을 쳐다보았다.

"황당한 얘기군!"

그는 하품을 했다.

그는 아내의 말이 믿어지지는 않았지만 그래도 어쨌든 한편으로는 깜짝 놀랐다. 그는 잠시 생각한 뒤 아내에게 별 것 아닌 질문들을 몇 개 던진 후 가정에 대해, 그리고 배우자의 부정(不貞)이라는 문제에 대해 자신의 의견을 말했다… 그는 10분쯤 시들한 태도로 말을 한 후에 다시 잠자리에 누웠다. 그의 설교는 전혀 성공을 기두지 못했다. 이 세상에는 삶에 대하 많은 관점들이 존재하는데, 그 중 태반은 불행을 겪어보지 않은 사람들이 쏟아내는 관점인 것이다.

밤 깊은 시간이었지만 창밖에는 별장 사람들이 아직 돌아다니고 있었다. 소피야 뻬뜨로브나는 가볍고 짧은 외투를 걸친 후 잠시 서서 생각에 잠겼다… 그녀는 자고 있는 남편에게 물어볼 용기가 아직 있었다.

"당신, 자는 거야? 나 산책하러 갈 건데… 같이 안 갈래?"

그것은 그녀의 마지막 희망이 담긴 말이었다. 대답이 없자 그녀는 혼자 밖으로 나갔다. 신선한 바람이

불고 있었다. 그녀는 바람도 어둠도 느끼지 못한 채 걷고 또 걸었다…. 극복할 수 없는 힘이 그녀를 계속 앞으로 몰아냈기에, 걸음을 멈추기라도 하면 그녀의 등을 확 밀어버릴 것만 같았다.

"부도덕한 년!"

그녀는 기계적으로 중얼거렸다.

"추잡한 년!"

그녀는 숨을 헐떡이면서도 한편으로는 수치심으로 얼굴이 상기되었고, 자신이 발걸음을 떼고 있다는 사실도 느끼지 못했다. 하지만 그녀를 앞으로 계속 떠민 것은 수치심보다, 이성보다, 공포보다 더 강한 어떤 것이었다….

목 위의 안나

〈1〉

결혼식은 끝났지만 간단한 식사조차 준비되어 있지 않았다. 신혼부부는 샴페인 한 잔씩을 마신 후 옷을 갈아입고 기차역으로 향했다. 흥겨운 결혼 피로연, 저녁 식사, 음악과 춤 대신에 200베르스따[1] 떨어진 수도원을 방문하여 그곳에서 지내다 오는 것으로 계획이 잡혀있었다. 많은 사람은 신랑인 모제스트 알렉세이치가 이미 관등이 높은데다가 젊은 나이도 아니기에 소란스러운 결혼식은 그다지 점잖아 보이지 않

---

1) 베르스따(верста): 제정 러시아 시기의 거리 단위. 1베르스따는 현재의 1킬로미터를 살짝 넘는 1.067킬로미터에 해당함.

을 것이며, 또한 쉰두 살의 관리가 이제 막 열여덟 살을 넘긴 아가씨와 결혼하는 마당에 음악을 듣는 것도 지루하다고 말하며 바로 수도원으로 가는 생각에 찬성해 주었다. 또한 그들은 규율을 중시하는 사람인 모제스트 알렉세이치가 자신이 결혼 생활에서 가장 중요시하는 것은 종교와 도덕성이라는 점을 젊은 아내로 하여금 깨닫게 하기 위해 수도원 방문을 특별히 계획한 것이라고 말했다.

사람들은 신혼부부를 배웅하러 기차역에 나왔다. 직장 동료들과 친척들은 기차가 출발할 때 '만세'를 외치려고 손에 술잔을 들고 기다리고 있었으며, 원통형 실크해트를 쓰고 교사용 프록코트를 입은 신부의 아버지 뾰뜨르 레온찌치는 이미 술에 취해 얼굴이 아주 해쓱해진 상태에서 술잔을 든 채 기차 창문 쪽으로 연신 팔을 뻗으며 애원하듯 말하고 있었다.

"아뉴따! 아냐![2] 한마디만 할게!"

아냐가 그를 향해 창밖으로 얼굴을 내밀자 그는 술

---

[2] 아뉴따(Анюта)와 아냐(Аня)는 둘 다 이 작품 여주인공의 이름 안나(Анна)의 애칭이다.

냄새를 심하게 풍기며 그녀의 귀에 대고 무슨 말인가를 속삭였다. 하지만 아냐는 무슨 소린지 전혀 이해할 수가 없었다. 그런 다음 그는 그녀의 얼굴과 가슴과 손에 성호를 그어 주었는데, 숨결은 떨리고 눈에서는 눈물이 글썽이고 있었다. 김나지야 학생들인 아냐의 동생 뻬쨔와 안드류샤는 아버지의 행동이 창피한 나머지 뒤에서 프록코트를 잡아당기며 속삭였다.

"아빠, 그 정도면 됐어요…. 이제 그만해요…."

기차가 출발한 후 아버지는 기차 뒤를 따라 잠시 달려왔는데, 그러다가 비틀거리며 술을 엎지르는 장면이 아냐의 눈에 들어왔다. 아버지는 자신이 뭔가 죄라도 저지른 듯 참으로 가련하고 선량한 표정을 짓고 있었다.

"만-세!"

아버지가 외쳤다.

신혼부부 둘만이 남았다. 모제스트 알렉세이치는 꾸뻬[3] 안을 살펴본 후 선반들 위에 짐을 올리고는 미소를 지으며 젊은 아내의 맞은편에 앉았다. 중키 정도

---

3) 기차 안의 2인 혹은 4인용의 칸막이 친 독립 객실.

의 관리인 그는 배가 불룩 나왔으며 잘 먹어서 오동통하다고 할 수 있을 정도로 꽤 뚱뚱했다. 구레나룻은 길게 길렀지만 콧수염은 없었는데, 면도를 해서 윤곽이 분명히 드러나 있는 둥근 턱은 사람의 발뒤꿈치 모양과 닮아있었다. 그의 얼굴에서 가장 특징적인 것은 콧수염이 없다는 점이었는데, 완전히 콧수염을 밀어서 맨 땅과 똑같아진 피부와 젤리처럼 조금씩 흔들거리는 기름진 뺨이 서로 이어지고 있었다. 그는 점잖게 행동했고 움직임도 급하지 않았으며 태도도 부드러웠다.

그가 미소를 지으며 말했다.

"지금 한 가지 상황을 떠올리지 않을 수 없군. 5년 전에 꼬소로또프가 성(聖) 안나 2급 훈장을 받고 감사 인사를 하러 왔을 때 각하께서 이렇게 말씀하셨지. '그러니까 이제 자네한테는 세 개의 안나가 있군. 한 개는 가슴 옷깃의 단춧구멍에, 다른 두 개는 목에.' 그런데 당시는 집을 나갔던 꼬소로또프의 부인, 그 싸움 좋아하고 경박한 부인이 그에게 돌아온 지 얼마 안 되는 때였는데 그 여자의 이름이 안나였다는 사실도 말해둘 필요가 있겠군. 내가 나중에 안나 2급 훈장을 받을 때는 각하께서 이와 똑같은 말씀을 하실 이유가 없게 되기를 바라오."[4]

그는 작은 눈으로 미소를 지으며 웃어보였다. 그녀

---

4) 제정 러시아 시대에 수여했던 국가훈장들 중에서 중간 정도의 권위를 가지는 것으로서 성(聖) 안나 훈장이 있었고 그보다 약간 더 위에는 이 작품 말미에서 언급될 성(聖) 블라지미르 훈장이 있었다. 총 4개의 등급으로 구성된 안나 훈장 중에서 3급은 12년의 공직 근무를 거친 관리에게 수여되었고, 그 후 몇 년의 근무 기간을 거치며 실적이 우수한 경우에는 2급이 수여되었다. 안나 훈장 3급은 제복의 왼쪽 가슴 위 옷깃 단춧구멍에 걸어서 착용했고, 2급은 가슴 가운데 윗부분에 메달처럼 목에 거는 방식으로 착용했다. 한편, 러시아어에서는 문장 외적 형태가 이와 유사한 것으로서 'A가 B의 목 위에 앉아 있다(сидеть на шее)'라는 관용구가 존재하는데, 이는 A라는 사람이 B라는 사람에게 생계를 전적으로 의존하고 있다는 점, 즉 B가 A를 먹여 살려야 한다는 점을 의미한다. 이 부분에서 꼬소로또프라는 인물은 12년간의 간격을 두고 실제의 안나 훈장을 3급에 이어 2급까지 받은 상황이었기에 3급 1개는 가슴에, 2급 1개는 목에 걸려 있는 상태였다. 그런데 가출했다가 돌아온 골칫거리 부인 안나까지 먹여 살려야 하는 상황이 된 것은, 마치 전혀 바라지 않는 부담스러운 가상의 안나 2급 훈장 1개가 추가로 그의 목에 걸린 것과 같은 상황이다. 각하라는 인물은 이렇듯 꼬소로또프가 마치 총 3개의 안나 훈장을 부여받은 것과 같은 코믹한 상황을 비꼬아 비유적으로 표현했던 것이다. 한편, 모제스트 알렉세이치가 갓 시집온 아내에게 자신이 후일 안나 2급 훈장을 받게 될 때는 이와 똑같은 말을 각하에게서 듣게 될 이유가 없기를 바란다고 말하는 것은, 출세주의자이자 구두쇠인 그가 가난한 젊은 아내 아냐(=안나)가 자신에게 경제적으로 의존하게 되는 것을 전혀 원하지 않는다는 이기심을 표현한 것이다. 이후의 작품 내용에서 그의 이러한 태도가 드러난다.

도 미소를 지었으나 이 사람이 이제 언제든 두툼하고 축축한 입술로 자신에게 키스를 하려 들 수 있고 자신은 그것을 거절할 권리가 없다는 생각을 하니 마음이 불안했다. 그녀는 그의 뚱뚱한 몸이 약간만 움직여도 깜짝 놀랐으며 끔찍하고 혐오스럽다는 느낌이 들었다. 그는 일어나서 천천히 목에서 훈장을 풀고 프록코트와 조끼를 벗은 후 편하고 헐렁한 옷으로 갈아입었다.

"이렇게 입으니 이제 좀 편하군."

그가 아냐의 곁에 앉으며 말했다.

아냐는 결혼식이 얼마나 고통스러웠는지 생각해보았다. 사제와 하객들, 그리고 교회에 모인 사람들까지 전부 슬픈 눈으로 자신을 바라보며 '저렇게 사랑스럽고 예쁜 아가씨가 왜 저렇게 나이 많고 재미없는 분과 결혼하는 걸까?'라고 생각하는 것 같았다. 오늘 아침만 해도 모든 준비가 잘 되었다는 생각에 무척 기뻤지만, 결혼식이 진행되는 동안과 지금 여기 기차 간에 앉아 있는 동안에는 자신이 죄를 지은 듯한 느낌과 함께 사기를 당했고 우스꽝스러운 꼴이 되었다는 느낌도 떨칠 수가 없었다. 이렇게 부자와 결혼했지만 돈은 여전히 없는 처지였기에 결혼식 드레스도 빚을 내어 샀는데, 오늘 기차역에서 자신을 배웅하는 아버지와 남동생들의 얼굴 표정으로 봐서는 그들에게 한 푼도 남지 않았음이 느껴졌다. 그들이 오늘 저녁 식사나 할 수 있을까? 내일은? 그러다 보니 왠지 이제 아버지와 동생들이 그녀 없이 굶주린 채로 앉아서 예전에 어머니 장례를 치르고 온 저녁때와 똑같은 우울함을 느끼고 있을 것 같다는 생각이 들었다.

'아, 난 정말 불행해!'

그녀는 생각했다.

'난 왜 이렇게 불행한 걸까?'

여자를 대하는 데 익숙하진 않은 점잖은 사람인 모제스트 알렉세이치가 어색하게 그녀의 허리를 만지고 어깨를 토닥였지만, 그 순간 그녀는 돈과 어머니, 그리고 어머니의 죽음에 대해 생각하고 있었다. 김나지야에서 글쓰기와 그림 그리기를 가르치는 아버지 뾰뜨르 레온찌치는 어머니가 죽자 술에 빠져 살기 시작했고 집에는 가난이 찾아왔다. 남동생들에게는 장화나 고무덧신도 없었고, 아버지는 치안판사에게 끌려갔으며, 법원 집행관이 와서 압류할 가구 목록을 작성했다…. 그때 얼마나 부끄러웠던지! 아냐는 주정뱅이 아버지를 돌보고 동생들의 양말을 꿰매고 시장을 다녀오는 일을 해야 했다. 사람들이 그녀의 미모와 젊음과 우아한 행동거지를 칭찬할 때도 그녀는 온 세상이 자신의 싸구려 모자와 구멍 난 곳을 잉크로 덧칠해 숨긴 장화만 쳐다보는 듯했다. 아버지는 나약하다는 이유로 곧 김나지야에서 해고될 것이며 이를 견디지 못한 아버지가 어머니처럼 죽게 될 것이라는 불안한 생각이 밤마다 끈질기게 그녀에게 달라붙어 눈물이 흐르곤 했었다.

그런데 그때쯤 그녀를 아는 부인들이 수선을 떨며 그녀를 위한 좋은 배우자감을 찾기 시작했다. 그리고 얼마 되지 않아 바로 이 사람, 젊지도 잘생기지도 않으며 돈만 많은 남자 모제스트 알렉세이치가 발견되었다. 그는 은행에 10만 루블을 예치해 놓고 있었으며 물려받은 가문의 영지는 임대 형태로 운영하고 있었다. 규율을 중시하는 그는 각하와도 좋은 관계에 있었다. 사람들 말로는, 모제스트 알렉세이치가 아버지의 해고를 막을 마음이 있다면, 각하로부터 메모 한 장을 얻어내 김나지야 교장이나 심지어 교육감에게 전달하는 것 정도는 어렵지 않게 할 수 있다는 것이었다.

그녀가 이런 일들을 세세히 떠올리고 있는 동안, 사람들 말소리와 함께 음악 소리가 갑자기 창문을 뚫고 들려왔다. 기차가 간이역에 멈춘 것이다. 플랫폼 너머 사람들 무리 속에서 아코디언과 날카로운 금속성 소리의 바이올린이 활기차게 연주되고 있었다. 키 큰 자작나무와 포플러 나무들, 그리고 달빛을 흠뻑 받은 별장들 뒤로부터, 군악대의 연주 소리도 들려왔다. 아마도 별장촌에 무도회가 열린 듯했다. 플랫폼 위에는 날씨가 좋아 신선한 공기를 마시러 나온 별장 사람들과 시민들이 산책을 하고 있었다. 그중에는 아르띠노프도 있었는데, 그는 부자이며 이 별장촌 전체의 소유주로서 검은 머리에 키가 크고 뚱뚱하다. 그는 아르메이나 사람을 닮은 얼굴에 퉁방울눈인데 이날은 이상한 복장을 하고 있었다. 박차가 달린 긴 장화를 신고 있었는데 셔츠의 가슴 부분 단추들은 채우지 않았고 어깨부터 내려온 긴 망토는 여자의 치맛자락처럼 땅에 쓸리고 있었다. 보르조이 종의 개 두 마리가 날카로운 주둥이를 내리깐 채 그의 뒤를 따르고 있었다.

아냐는 아직 눈물을 글썽이고 있었지만, 이제는 이미 어머니나 돈이나 결혼식에 대해 생각하는 상태는 아니었다. 그녀는 안면이 있는 김나지야 학생들, 장교들과 악수를 했고 명랑하게 웃으며 재빨리 말했다.

"안녕하세요? 다들 어떻게 지내나요?"

그녀는 기차에서 내려 플랫폼으로 나온 후, 새로 맞춘 멋지고 화려한 드레스와 모자를 쓴 자신의 몸 전체를 사람들이 볼 수 있도록 달빛 아래 섰다.

"기차가 왜 여기 멈춰선 거죠?"

그녀가 물었다.

"이 역은 철도 분기점이에요. 그래서 우편열차가 먼저 지나가길 기다리는 겁니다."

사람들이 대답했다.

아르띠노프가 자기를 쳐다보고 있다는 사실을 눈치 채자 그녀는 요염하게 실눈을 뜨고 프랑스어를 사용해 큰 소리로 말하기 시작했다. 달빛이 연못에 비치고 음악 소리가 들리는 와중에 자신의 목소리가 아름답게 울리고, 한편으로는 유명한 돈 주앙이자 장난꾸러기인 아르띄노프가 탐욕스럽고도 호기심 어린 눈으로 자기를 쳐다보고 있는 가운데 모두가 흥겨워하는 분위기까지 겹치자 그녀는 갑자기 기쁨을 느꼈다.

기차가 움직이며 아는 장교들이 그녀에게 잘 가라는 표시로 경례를 붙일 무렵 그녀는 이미 숲 너머 어딘가에서 울리는 군악대의 연주 소리에 맞춰 폴카를 흥얼거리고 있는 중이었다. 꾸뻬로 돌아오면서 그녀는 무슨 일이 있더라도 자신은 꼭 행복해지고 말겠다는 확신을 간이역에서 얻은 듯한 느낌을 받았다.

신혼부부는 수도원에서 이틀을 보낸 후 도시로 돌아왔다. 그들은 관사에서 살았다. 모제스트 알렉세이치가 출근을 하면 아냐는 피아노를 치거나, 우울해서 울거나, 소파에 누워 소설을 읽거나, 패션 잡지를 살펴보았다. 모제스트 알렉세이치는 점심을 아주 많이 먹었는데, 식사를 하며 정치, 신규임명, 전출, 포상 등에 대해 말하곤 했다. 또한 사람은 열심히 일해야 하며, 가정생활에서 중요한 건 만족이 아니라 의무이고,

티끌 모아 태산이며, 자신은 세상에서 종교와 도덕성을 가장 중시한다는 등의 말도 했다. 그는 식사용 나이프를 마치 칼처럼 주먹에 쥔 채 말하곤 했다.

"사람은 누구나 자신의 의무가 있어야 해!"

하지만 그를 두려워하는 마음으로 이야기를 듣다 보니 아냐는 식사를 제대로 할 수가 없었고 대개 배고픈 채로 식탁에서 일어나곤 했다. 점심 식사 후 남편은 휴식을 취한다면서 크게 코를 골며 잤는데, 그 사이에 아냐는 외출해서 본가에 다녀오기도 했다. 본가에 갈 때면 아버지와 남동생들은 그녀를 왠지 특별한 눈길로 바라보곤 했는데, 그것은 마치 사랑하지도 않고 따분하며 지루하기만 한 남자에게 돈 때문에 시집갔다고 방금 전까지 그녀를 흉이라도 본 듯한 사람들의 눈길 같은 느낌이었다. 그들은 사각거리는 그녀의 드레스와 팔찌, 그리고 전체적으로 결혼한 부인 티가 나는 모습을 대하며 거북함과 불편함을 느꼈다. 그들은 그녀가 있을 때면 다소 당혹스러워했고 그녀와 무슨 이야기를 나누어야 할지도 몰랐지만, 그래도 예전처럼 그녀를 사랑했다. 그들은 그녀 없이 식사하는 것에도 아직 익숙해지지 않은 듯했기에, 종종 아냐와 함께 양배추 수프, 곡물 죽, 촛불 냄새가 풍기는 양고기 비계로 볶은 감자를 먹곤 했다. 뾰뜨르 레온찌치는 떨리는 손으로 병에서 술을 따라 게걸스럽고도 보기 흉한 모습으로 급하게 마시곤 했다. 한 잔을 마시면 곧 두 번째 잔, 그리고는 세 번째 잔이 이어졌다…. 큰 눈에 창백하고 깡마른 소년들인 뻬쨔와 안드류샤는 술병을 치우고는 어쩔 줄 몰라 하며 말했다.

"이러지 말아요, 아빠…. 많이 마셨잖아요."

염려가 된 아냐도 아버지에게 더 이상 술을 마시지 말라고 애원했지만, 그럴 때마다 그는 얼굴을 확 붉히면서 주먹으로 식탁을 내리치며 소리를 지르곤 했다.

"아무도 나한테 이래라 저래라 할 수 없어! 이 꼬맹이들아! 이 계집애야! 너희들 모두 이 집에서 쫓아내 버리겠다!"

하지만 아버지의 목소리에서는 연약함과 선량함이 묻어나왔기에 가족 중 누구도 두려워하지는 않았다. 점심 식사 후에 대체로 그는 옷을 잘 차려입으며 외출 준비를 했다. 창백한 얼굴에다가 턱에는 면도하다

베인 상처가 있었지만, 깡마른 목을 앞으로 쑥 빼고 30분 동안이나 거울 앞에 선 채 깔끔하게 몸단장을 했다. 머리를 빗기도 하고 검은 콧수염을 말아서 감기도 했다. 향수를 뿌리고, 넥타이를 리본 모양으로 매고, 최종적으로는 장갑을 끼고 머리에는 원통형 실크 해트를 쓴 후 마침내 개인 강습을 나갔다. 휴일이면 집에 남아 그림을 그리거나 쉭쉭 소리와 그르렁 소리가 나는 풍금을 쳤다. 그는 풍금에서 맑고 조화로운 소리가 나오도록 애썼으며, 풍금 소리에 맞춰 노래도 불렀다. 풍금 소리가 뜻대로 안 나오면 아이들에게 소리를 지르기도 했다.

"이 나쁜 놈들! 망나니 같은 자식들아! 너희들이 악기를 망쳐놨어!"

남편은 저녁마다 관사의 한 지붕 아래 살고 있는 동료들과 카드놀이를 했다. 그 시간이면 관리의 부인들도 함께 모였는데, 그들은 못생겼고 취향이라곤 없는 옷을 입었으며 하녀들처럼 행동도 거칠었다. 그렇게 모이고 나면 그들 자신처럼 흉하고 아무 의미 없는 소문들을 서로 쑥덕거리기 시작했다.

모제스트 알렉세이치가 아냐와 함께 극장에 가는 일도 간혹 있었다. 휴식 시간이면 그는 그녀가 자신으로부터 한 발짝도 벗어나지 못하도록 그녀의 팔 밑으로 팔짱을 끼고 복도나 홀을 돌아다녔다. 누군가와 인사라도 나누었다 하면 그는 바로 아냐에게 '조금 아까 그 사람은 5등 문관이야… 각하와 친한 사람이지.' 또는 '좀 전에 인사한 그 사람은 재산이 꽤 있어… 자기 집도 있고.' 등등의 말을 속삭였다. 한번은 아냐가 극장 내의 간식 판매대 옆을 지날 때 뭔가 단 것이 매우 먹고 싶어졌다. 그녀는 초콜릿과 사과파이를 좋아했지만 수중에 돈이 없었고, 그렇다고 남편에게 물어보기도 쑥스러웠다. 남편은 배 하나를 집어서 손가락으로 눌러보더니 주저하듯 물어보았다.

"얼마요?"

"25꼬뻬이까입니다."

"어이쿠!"

이렇게 말한 후 그는 배를 제자리에 내려놓았다. 하지만 아무것도 사지 않고 간식 판매대를 떠나기가 어색했던지 그는 셀처 광천수 한 병을 사더니 혼자서 그것을 다 마셔버렸다. 그것 때문인지 그의 눈에서 눈물이 찔끔 나왔다. 이럴 때면 아냐는 남편이 하는 짓이 미워졌다.

한번은 이런 일도 있었다. 그가 얼굴이 붉어지더니 그녀에게 급히 말했다.

"저 노부인에게 인사드려!"

"하지만 저는 모르는 분인데요."

"상관없어. 저 분은 우리 현(縣) 재무국장의 부인이야! 어서 인사드리라니까!"

그가 고집을 부리며 중얼거렸다.

"고개 한 번 숙인다고 당신 머리가 떨어져 나가는건 아니잖아."

아냐는 고개를 숙이며 인사를 했고, 실제로 머리도떨어져 나가지 않았다. 하지만 그녀는 괴로웠다.

그녀는 남편이 원하는 것은 다 했다. 그러면서 동시에 자괴감을 느꼈다. 그가 자신을 바보처럼 취급해 이용해 먹고 있다는 사실 때문이었다. 오직 돈 때문에 그에게 시집왔는데, 지금 그녀가 가진 돈은 오히려 결혼 전보다도 적었다. 결혼 전에는 아버지가 20꼬뻬이까짜리 동전 한 개라도 줬었는데 지금은 한 푼도 없었다. 남편 돈을 몰래 가져가거나 혹은 돈을 달라고 청하는 일은 꿈에도 꿀 수 없었다. 남편이 두려워서 그의 앞에서는 온몸이 떨렸기 때문이다.

그녀는 자신이 이 사람에 대한 공포심을 이미 오래전부터 마음속에 가지고 있었던 듯한 느낌이 들었다. 언젠가 어린 시절에도 먹구름이나 기관차처럼 자신의 목을 조일 듯 밀려오는 엄청나고도 무서운 힘이 있었는데, 그것은 늘 김나지야의 교장선생님이었다. 그와 비슷한 힘으로서 집안사람들이 늘 두려워하며 입에 올리던 '각하'로 호칭되는 인물도 있었다. 그것보다 작은 힘들도 열 개쯤 존재했는데, 그 힘들 중에는 콧수염을 면도한 엄하고도 가차 없는 김나지야 교사들도 있었다. 그리고 마침내 이제는 얼굴까지 김나지야 교장선생님을 닮은 규율을 중시하는 인간 모제스트 알렉세이치가 그녀 앞에 모습을 드러낸 것이다.

그녀의 상상 속에서 이 모든 힘들은 하나로 합쳐진 후 거대하고 무서운 흰곰이 되어 그녀의 아버지처럼 나약하고 잘못이 많은 사람들을 덮치곤 했다. 그랬기에 그녀는 뭔가 남편의 생각을 거스르는 말을 하기가 두려웠고, 긴장한 채로 미소를 지었으며, 남편이 자신의 몸을 거칠게 애무하고 공포심을 불러일으키는 포옹을 하며 능욕하더라도 만족하는 듯한 표정을 지어줄 수밖에 없었다.

딱 한 번 아버지가 매우 급한 빚을 갚기 위해 모제스트 알렉세이치에게 50루블을 꾸어달라고 대담하게 부탁한 일이 있었다. 하지만 그 과정이 어찌나 고통스러웠던지!

"좋아요, 드리지요."

잠시 생각한 후 모제스트 알렉세이치가 말했다.

"하지만 미리 말해두는데, 술을 끊지 않으면 더는 장인을 도와드릴 수 없습니다. 공직에 계신 분이 이렇게 나약하다는 건 부끄러운 일이에요. 잘 알려진 사실을 상기시켜드리지 않을 수 없군요. 재능이 있는 사람들 중 다수가 술에 대한 욕망 때문에 인생이 망가졌습니다. 술을 절제만 했다면 아마도 시간이 지난 후 높은 자리에 오를 수 있었을 텐데도 말입니다."

이 말 후에도 모제스트 알렉세이치는 '그렇게 됨에 비례해서', '그런 처지를 고려해 볼 때', '조금 전에 말했던 사항을 고려해 본다면' 등등의 말들을 한참 동안 했는데, 아버지는 불쌍한 표정으로 모욕감에 괴로워하며 오히려 술 생각이 간절해졌다.

또한 대개 찢어진 장화와 해진 바지 차림으로 아냐를 보기 위해 관사를 방문하는 남동생들 역시 그의 훈계를 경청해야 했다.

"사람은 누구나 자신의 의무가 있어야 해!"

모제스트 알렉세이치는 그 아이들에게 이렇게 말하곤 했다.

하지만 돈은 주지 않았다. 그 대신에 아냐에게 반지, 팔찌, 브로치 등을 선물할 때도 있었는데, 그때마다 어려운 일을 대비해 이런 물건들을 가지고 있는 게 좋다는 말을 하는 것을 잊지 않았다. 그러고는 자주 그녀의 서랍장을 열어서 물건들이 다 잘 보관되어 있는지 확인하곤 했다.

〈2〉

그러는 사이 겨울이 왔다. 성탄절이 되기 훨씬 전에 지역 신문에 공지가 실렸는데, 12월 29일에 귀족 회관에서 통상적인 겨울 무도회가 열릴 것이라는 내용이었다. 매일 저녁 카드놀이가 끝나면 불안한 기색의 모제스트 알렉세이치가 걱정스러운 표정으로 아냐를 바라보며 관리의 아내들과 무언가를 속삭이곤 했다. 그러고는 무언가를 생각하며 방 안을 한참 동안 왔다 갔다 하는 것이었다. 마침내 어느 날 늦은 저녁 시간 그가 아냐 앞에 멈춰 서더니 말했다.

"당신 말이야, 무도회 때 입을 드레스를 지어야 해. 알겠지? 단, 마리야 그리고리예브나, 나딸리야 꾸즈미니쉬나와 상의를 한 다음에 지어야 해."

그러면서 그녀에게 100루블을 건넸다. 하지만 그녀는 돈을 받은 후 무도회 드레스를 주문하는 과정에서 누구와도 상의하지 않고 아버지와만 얘기를 나누었으며, 어머니라면 어떤 드레스를 입었을까 상상해 보려고 노력했다. 돌아가신 그녀의 어머니는 항상 최신 유행에 따라 옷을 입었고, 항상 딸 아냐를 인형처럼 우아하게 입혀 데리고 다니면서 프랑스어 말하기와 마주르카를 멋지게 추는 방법을 가르쳤다(아냐의 어머니는 결혼 전 5년 동안 가정교사로 일한 적이 있었다). 아냐는 어머니처럼 오래된 드레스를 수선하여 새 드레스를 만들 줄도 알았으며, 휘발유로 장갑을 세척할 줄도 알았고, 보석을 임대하여 사용하는 방법도 알았다. 또한 어머니처럼 눈을 가늘게 뜨는 방법, 'ㄹ'을 혀짤배기 식으로 귀엽게 발음하는 방법, 아름다운 자세를 취하는 방법, 필요하다면 환희에 젖은 표정을 짓는 방법, 슬프고도 신비로운 시선을 띠는 방법 등도 터득했다. 그리고 아버지로부터는 짙은 머리카락과 눈동자 색깔, 예민한 성격, 깔끔하게 몸단장하는 태도를 물려받았다.

무도회로 출발하기 30분 전에 아직 프록코트를 걸치지 않은 상태의 모제스트 알렉세이치가 화장대 거울 앞에서 훈장을 목에 걸기 위해 아냐의 방으로 들어왔다. 그는 그녀의 아름다움과 새로 맞춘 날아갈 듯한 의상의 광채에 매혹된 나머지 흡족하게 구레나룻을 빗어 넘기고는 말했다.

"아뉴따, 당신 정말 예쁘군! 정말 예뻐!"

그러고는 갑자기 엄숙한 톤으로 말을 이어갔다.

"내가 당신을 행복하게 해 주었으니 오늘은 당신이 나를 행복하게 해줄 수 있을 거야. 부탁이 있는데, 각하의 부인께 가서 인사를 드려줘! 제발 그렇게 해 줘! 그녀를 통하면 내가 수석 비서관 자리를 얻을 수 있다고!"

두 사람은 무도회장으로 출발했다. 드디어 귀족 회관에 도착해 보니 입구에 문지기가 있다. 옷걸이가 여러 개 있는 현관, 모피 외투들, 분주히 오가는 하인들, 가슴골이 드러난 드레스를 입은 채 부채로 바람을 가리고 있는 부인들이 있다. 가스등 냄새와 군인들 냄새가 난다. 남편의 팔짱을 끼고 계단을 오르는 사이에 음악 소리가 들려왔고 수많은 불빛을 받은 자신의 전신도 커다란 거울에 반사되어 보였다.

그러자 그녀의 마음속에서 기쁨의 감정이 느껴짐과 동시에, 달밤에 간이역에서 느꼈던 행복의 예감도 되살아났다. 그녀는 처음으로 자신이 여자아이가 아닌 부인으로 느껴졌다. 그녀는 부지불식간에 걸음걸이와 몸놀림에서 돌아가신 어머니를 흉내 내며 자부심 넘치고 확신하는 몸짓으로 걸었다. 또한 생전 처음으로 자신이 부유하고 자유로워진 느낌까지 들었다. 심지어 남편 때문에 주눅이 들지도 않았다. 귀족 회관의 문턱을 넘을 때부터 이미 그녀는 늙은 남편이 옆에 있다고 해서 사람들이 자신을 낮춰보는 것은 전혀 아니며 오히려 남자들이 좋아하는 매력적인 신비감이 자신에게서 풍겨나 그들에게 각인되고 있다는 사실을 본능적으로 감지했기 때문이다.

큰 홀에서는 이미 오케스트라의 연주가 울려 퍼지고 춤이 시작되고 있었다. 관사 생활만 하다가 이런 곳에 처음 와 본 아냐는 조명과 색색의 화려함, 음악, 소음 등이 주는 인상에 압도된 나머지 홀을 둘러보며 생각했다.

'아, 정말 멋지다!'

그녀는 무도회에 온 사람들 중에서 자신의 지인 모두를 바로 알아보았다. 파티나 야유회에서 만났던 사람들, 평소 알고 지내던 장교들, 교사들, 변호사들, 관리들, 지주들이었다. 또한 각하와 아르띠노프도 있었으며, 가슴골을 훤히 드러낸 채 화려하게 차려입은 예쁘거나 못생긴 상류사회의 부인들도 있었다. 그 부인들은 가난한 사람들을 돕기 위한 장사를 하려고 자선 바자회의 노점과 천막 속에 이미 자리를 잡아가고 있었다.

견장을 단 거대한 체격의 장교가(아냐가 김나지야 재학 시절 스따로-끼예프 거리에서 알게 된 사람이었는데 성은 기억나지 않았다) 마치 땅에서 솟은 듯이 불쑥 나타나 그녀에게 왈츠를 청했고, 그러자 그녀는 남편을 놓아두고 나는 듯이 춤을 추러 나섰다. 남편은 저 멀리 해안가에 남겨 놓은 채 자신은 돛단배를 타고 거센 풍랑 속으로 몸을 던지는 느낌이었다. 그녀는 스스로 매혹된 상태에서 이 사람 저 사람의 손으로 옮겨 다니며 열정적으로 왈츠와 폴카와 카드리유를 추었다. 그녀는 음악과 소음에 머리가 달아올라 남편이든 그 누구든 그 무엇이든 생각하지 않는 상태에서 러시아어와 프랑스어를 섞어 말하고 '르'은 혀짧배기 식으로 귀엽게 발음하면서 큰 소리로 웃으며 춤을 추었다. 그녀가 남자들에게서 인기를 끌었다는 점은 확연히 드러났는데, 사실 그렇게 되는 게 당연했다. 흥분하며 숨이 차오른 그녀는 부채를 쥔 손까지 바들바들 떨렸으며 목도 말라왔다. 아버지가 휘발유 냄새가 풍기는 구겨진 프록코트를 걸친 채 다가와 붉은색 아이스크림이 담긴 작은 접시를 그녀에게 내밀었다.

"넌 오늘 참 매혹적이구나!"

그는 환희에 찬 표정으로 딸을 바라보며 말했다.

"내가 이제껏 살면서 네가 서둘러서 시집간 것만큼 안타까운 일도 없었단다…. 그땐 왜 그랬니? 네가 우리 가족을 위해 그랬다는 건 안다. 하지만…."

그는 떨리는 손으로 돈뭉치를 꺼낸 후 말을 이어갔다.

"내가 오늘 수업료를 받았단다. 네 남편에게 빚진 걸 이제 갚을 수 있게 됐다."

아냐는 아버지의 손에 아이스크림 접시를 떠맡기고는 누군가의 손에 붙들려 잠깐 사이에 멀리 사라졌다. 새로운 춤 파트너의 어깨 너머로 보니 아버지가 어느 부인을 안고 마룻바닥을 미끄러지듯 홀을 돌며 춤추기 시작하는 것이 보였다.

'맨 정신일 땐 저토록 사랑스러운 분인데!'

아냐는 마주르카도 앞서의 그 거대한 체구의 장교와 추었다. 그는 마치 죽은 짐승에게 제복을 입혀놓은 것처럼 발장단을 간신히 맞추면서 느릿느릿 무겁게 발걸음을 옮겼으며 어깨와 가슴만 살짝 움직일 뿐이었다. 그는 더 춤추는 게 끔찍이 싫어졌지만, 그녀는 미모와 훤히 드러난 목으로 그를 자극하며 그의 곁에서 날렵하게 움직였다. 그녀의 눈은 흥분으로 불타오르고 움직임도 열정적이었던 반면, 그는 점점 더 무심한 태도를 보이며 마치 왕이 자비를 베풀듯이 그녀에게 손을 뻗치곤 했을 뿐이다.

"브라보, 브라보!"

군중 속에서 외치는 소리가 들려왔다.

하지만 그 거대한 장교도 점차 조금씩 무너져 내려갔다. 생기를 되찾고 조금씩 흥분 상태가 된 그는 그녀의 매력에 굴복하여 가볍고도 젊은 움직임을 열정적으로 보여주었다. 그런데 이제는 그녀가 어깨를 살짝만 움직이며 그를 능청맞게 쳐다볼 뿐이었는데, 마치 이제는 그녀가 여왕이고 그는 노예가 된 듯했다. 춤을 추는 동안 그녀는 홀 전체 사람들이 자기들 두 사람을 넋을 잃고 바라보며 질투하고 있는 것처럼 느꼈다.

그런데 거대한 장교가 그녀에게 감사의 말을 하자마자 사람들이 갑자기 길을 터주기라도 하듯 양쪽으로 갈라섰고 남자들은 두 팔을 내리고 마치 차렷 자세를 취하듯 어정쩡하게 몸을 곧추세웠다…. 그것은 프록코트에 별 두 개를 단 각하가 그녀 쪽으로 오고 있었기 때문에 벌어진 현상이었다. 그렇다. 감미로운 미소를 띠며 뚫어지게 그녀를 응시하는 것으로 미루어 보았을 때 각하는 그녀에게 다가오는 것이 틀림없었다. 각하는 이런 표정으로 다가오며 자신의 입술을 살짝 깨물기도 했는데, 이것은 그가 예쁜 여자들을 바라볼 때면 늘 하는 행동이었다.

"대단히 반갑습니다, 대단히 반가워요!"

각하가 말문을 열었다.

"당신 남편을 영창에 넣으라고 지시해야겠군요. 지

금까지 이런 보석 같은 사람을 숨기고 우리들한테 보여주지 않은 죄목으로 말입니다."

그는 아냐에게 손을 내밀며 말을 이어갔다.

"마침 아내의 부탁이 있어서 당신을 찾아왔어요. 당신이 우리를 좀 도와줘야겠습니다…. 음, 그래요…. 당신의 아름다움에 대해 상을 드릴 필요가 있겠군요… 미국에서 하는 방식처럼 말이죠. 음, 그래요…. 미국 사람들은…. 내 아내가 당신을 초조하게 기다리고 있습니다."

각하는 아냐를 노점의 나이든 부인에게로 데리고 갔다. 그 부인은 얼굴 아랫부분이 불균형하게 커서 마치 입 안에 큰 돌을 물고 있는 것 같은 인상이었다.

"우릴 좀 도와줘요!"

그녀가 콧소리를 섞고 말끝을 길게 끌며 말했다.

"예쁜 여자들은 모두 자선바자회에서 일하고 있는데 왠지 당신만 안에서 놀고 있더군요. 왜 우릴 도우려하지 않는 건가요?"

부인은 자리를 떴고 아냐가 그녀를 대신해 은제 사모바르와 찻잔들 옆에 자리를 잡았다. 그러자 곧바로 장사가 활기를 띠기 시작했다. 아냐는 차 한 잔에 최소 1루블을 받았고, 거대한 체격의 장교에게는 차를 석 잔이나 마시도록 만들었다. 퉁방울눈에 천식을 앓고 있는 부자 아르띄노프가 다가왔다. 오늘 그는 아냐가 지난여름에 보았던 이상한 복장 차림이 아니라 다른 사람들처럼 프록코트를 입고 있었다. 그는 아냐에게서 눈을 떼지 못한 채 샴페인 한 잔을 마신 후 100루블을 지불했고, 그다음에는 차 한 잔을 마신 후 또 100루블을 냈다. 그러는 동안 그는 천식으로 힘들어하면서도 한마디 말도 없었다….

자신의 미소와 시선이 사람들에게 큰 만족을 준다는 사실을 이미 깊이 확신하고 있던 아냐는 연신 사람들을 졸라서 물건을 사게 하고 돈을 받아내는 데 성공했다. 그녀는 자신이 이렇듯 음악과 춤과 숭배자들이 존재하고 소란하고 화려하며 웃음소리도 이어지는 삶을 위해 특별히 태어난 존재라는 점을 깨닫게 되었다. 그러자 오래전부터 자신의 목을 조를 듯 밀려와 협박하던 힘에 대한 공포심도 이제는 우습게 여겨졌다. 그녀는 이제 아무도 두렵지 않게 되었으며, 다만 자신의 성공을 함께 기뻐해 줄 어머니가 안 계시다는 것이 애석할 따름이었다.

이미 얼굴이 창백해진 아버지가 아직까지는 그럭저럭 발걸음을 옮기며 노점으로 다가와 코냑 한 잔을 주문했다. 아냐는 그가 뭔가 부적절한 말이라도 할까 봐 얼굴이 붉어졌다(사실 그것이 아니더라도, 자신에게 그렇게 가난하고 평범한 아버지가 있다는 것 때문에 이미 부끄러운 상태이기도 했다). 하지만 그는 술을 마신 후 돈뭉치에서 10루블을 꺼내 던지고는 말 한마디 없이 당당한 태도로 자리를 떴다. 얼마 후 그녀는 아버지가 짝을 이루어 큰 원을 도는 춤을 추고 있는 것을 보았는데, 그는 이미 비틀거리며 무슨 소리를 질러대고 있었기에 파트너인 부인이 매우 당혹스러워하는 표정이었다. 그 장면을 보니 아냐는 한 장면이 떠올랐다. 3년 전쯤, 아버지는 어느 무도회에서 이번과 똑같이 비틀대고 소리 지르다가 결국 경관이 아버지를 내쫓아 집으로 끌고 왔고, 다음 날에는 교장이 아버지를 해고하겠다고 호통을 쳤었다. 이 기억이 하필 이때 떠오르다니!

노점의 사모바르가 꺼지고 녹초가 된 부인들이 자신의 자선바자회 수익금을 입에 큰 돌을 문 것 같은 부인에게 전달한 후, 아르띠노프는 아냐의 팔을 부축하고 모든 자선바자회 참여자들을 위한 저녁 식사가 차려져 있는 홀로 데려왔다. 많지도 않고 스무 명 정도만 식사했지만 홀은 매우 소란스러웠다. 각하가 건배사를 했다.

"이런 호화로운 식당에서는 오늘 바자회의 대상이기도 한 저렴한 식당들의 번영을 위해 건배를 하는 것이 적절할 것입니다."

여단장은 '대포조차도 무력하게 만드는 우리의 힘을 위해!'라고 말하며 건배를 제안했고, 모든 사람들은 부인들과 잔을 부딪치려고 팔을 뻗었다. 매우, 매우 흥겨웠다!

아냐가 집까지 배웅 받아 도착했을 때는 이미 날이 밝아오고 있었고 하녀들은 시장에 가고 있었다. 아냐는 새로운 인상을 흠뻑 받아서 기뻤으며, 동시에 술에도 취했고 기진맥진하기도 했기에 옷을 벗은 후 침대 위로 쓰러져 바로 잠이 들어버렸다….

오후 1시가 지났을 때쯤 하녀가 그녀를 깨우면서 아르띠노프 씨께서 방문차 오셨다고 보고했다. 그녀는 서둘러 옷을 입고 응접실로 나갔다. 아르띠노프가 떠나고 얼마 되지 않아 각하가 자선바자회에 참여해 줘서 고맙다는 인사를 하러 왔다. 그는 입술을 살짝 깨물며 감미로운 눈길로 그녀를 바라보다가 그녀의 손등에 키스하고는 앞으로도 방문을 허락해 달라는 부탁을 한 뒤 떠났다. 아냐는 자신의 인생에 변화가, 그것도 놀라운 변화가 이토록 빨리 찾아왔다는 사실이 믿기지 않아서 무척 놀라고 황홀한 상태로 응접실 가운데 서 있었다. 바로 그때 남편 모제스트 알렉세이치가 들어왔다…. 그는 권력자나 유명인들 앞에 서면 항상 지어 왔기에 그녀도 이미 익숙해져 있는 표정, 즉 그들의 비위를 맞추기 위한 달콤하고도 노예나 다름없을 정도의 공손한 표정을 이제는 그녀에게 지으며 서 있었다. 그녀는 한편으로는 환희를 느끼며 다른 한편으로는 분노와 경멸의 마음을 담아, 이젠 이런 말을 해도 아무 문제도 없을 거라고 확신하며 매 단어를 또박또박 내뱉었다.

"저리 가요, 멍텅구리 같으니!"

이날 이후 아냐는 피크닉이나 야유회를 가거나 연극에 참여하는 등 하루도 쉴 날이 없었다. 그녀는 날마다 아침이 거의 다 되어서야 집에 돌아와서는 응접실 마루에 쓰러져 잠이 들어버리곤 했다. 그러고서 나중에는 감동적인 표정을 지으며 자신은 꽃에 파묻혀 잔다고 모두에게 떠들어 댔다. 돈이 아주 많이 필요했지만 그녀는 이미 모제스트 알렉세이치를 두려워하지 않게 되었기에 그의 돈을 자기 돈처럼 썼다. 또한 그녀는 남편에게 부탁이나 요구 같은 것은 하지 않고 그냥 영수증이나 메모를 보낼 뿐이었다. '이걸 보여주는 사람한테 200루블을 줄 것' 혹은 '속히 100루블을 지불할 것' 이런 식이었다.

모제스트 알렉세이치는 부활절에 안나 2급 훈장을 받았다. 그가 감사 인사를 하러 가자 각하는 신문을 한 쪽으로 치우고는 안락의자에 더욱 깊숙이 몸을 파묻었다.

"그러니까 이제 자네에겐 안나가 셋이 됐군. 한 개는 가슴 옷깃의 단춧구멍에 다른 두 개는 목에."

각하가 자신의 하얀 손과 장밋빛 손톱을 살펴보며 말했다.

모제스트 알렉세이치는 웃음이 크게 나오지 않도록 손가락 두 개를 조심스럽게 입술에 가져다 댄 후 말했다.[5]

"이제는 막내 블라지미르가 세상에 태어나기를 고대할 일만 남았습니다. 감히 각하께서 대부(代父)가 되어주시기를 청합니다."[6]

모제스트 알렉세이치가 암시한 것은 블라지미르 4급 훈장이었는데, 그는 벌써 자신의 말장난 익살이

---

[5] 모제스트 알렉세이치에게 이것은 앞서의 꼬소로또프의 상황과는 전혀 달리, 모두가 경탄하는 자신의 아내 아나(=안나)가 또 하나의 안나 2급 훈장처럼 자신의 목에 명예롭게 걸린 듯한 상황이다. 따라서 그의 웃음은 이에 대해 그가 내심 만족하고 있음을 보여준다.

[6] 성(聖) 안나 훈장보다 좀 더 권위가 있던 것이 성(聖) 블라지미르 훈장이었다. 이 두 종류의 훈장은 각각 4개의 등급으로 구성되어 있었지만, 안나 훈장의 가장 낮은 등급부터 블라지미르 훈장의 가장 높은 등급까지의 8개는 기계적 순서가 아닌 교차식 순서로 순위가 매겨졌다. 예를 들어, 안나 훈장 2급의 위로는 블라지미르 훈장의 4급과 3급, 그 위로는 안나 훈장 1급, 또 그 위로는 블라지미르 훈장 2급의 순이었다. 따라서 이날 안나 훈장 2급을 받은 모제스트 알렉세이치가 기대할 수 있는 다음 단계는 블라지미르 훈장 4급이며, 그는 이것을 '막내 블라지미르'라고 표현하고 있다. '각하께서 대부가 되어주시기를 청한다'는 말은 각하가 도와주기만 한다면 자신이 그 훈장을 받을 것은 기정사실이나 마찬가지라는 속셈에서, 이를 위해 힘써 달라는 은근한 부탁이다.

얼마나 재치 있고 대담했는지 여기저기 말하고 다닐 상상을 하고 있었다. 그는 뭔가 또 그럴듯하게 재치 있는 말을 해 보려 했으나 각하는 다시 신문에 빠져든 상태에서 그에게 고개만 한 번 끄덕여 주었을 뿐이다….

아냐는 말 세 마리가 끄는 마차를 타고 계속 돌아다녔고, 아르띄노프와 함께 사냥을 다녔으며, 단막극에서 연기를 했고 그게 끝나면 밖에서 저녁을 먹었다. 그러다 보니 그녀가 본가의 가족을 찾는 일은 점점 드물어졌다. 그들은 이미 자기들끼리 점심을 먹었다. 아버지는 예전보다 술을 더 마셔댔고 돈은 없었으며 풍금은 빚을 갚느라 오래전에 팔아치웠다. 남동생들은 이제 아버지가 혼자 밖으로 나가지 못하도록 했고 혹시 나간다면 뒤를 따라다니며 그가 걷다가 넘어지지 않도록 항상 신경을 썼다.

스따로-끼예프 거리에서 우연히 두 마리 말이 끄는 아냐의 마차를 마주치게 될 때도 있었는데, 마부석에는 마부 대신 아르띄노프가 앉아 있곤 했다. 아냐의 마차와 마주칠 때면 아버지는 항상 원통형 실크해트를 벗고 딸에게 뭔가를 외치려했고, 그때마다 뻬짜와 안드류샤는 그의 팔을 붙잡고 애원하듯 말하곤 했다.

"아빠, 그러지 말아요. 그만 둬요, 아빠…."

약혼녀

〈1〉

이미 밤 10시쯤 된 시간이었고 정원 위로는 보름달이 비추고 있었다. 슈민 집안사람들의 집에서는 마르파 미하일로브나 할머니의 요청으로 이루어진 저녁 기도회가 이제 막 끝난 뒤였다. 나쟈는 잠시 정원으로 나왔는데, 마루에 간단한 식사를 위한 식탁이 차려지는 중에 화사한 비단 드레스를 차려 입은 할머니도 분주히 움직이고 있는 것이 보였다. 교회의 사제장(司祭長)인 안드레이 신부가 나쟈의 어머니 니나 이바노브나와 무슨 말인가를 주고받고 있었다. 창문을 통해 보이는 어머니는 저녁 불빛을 받아서인지 오늘은 왠지 매우 젊어보였다. 그들 옆에 서 있는 사람은 안드레이 신부의 아들인 안드레이 안드레이치였는데, 그는 주의 깊게 그들의 대화를 듣고 있었다.

정원은 고요하고 선선했으며 짙고 평온한 그림자가 땅에 드리워 있었다. 어딘가 멀리서, 아주 멀리서, 아마 도시 너머인 듯한 곳에서 개구리 우는 소리가 들려왔다. 5월, 사랑스러운 5월의 기분이 느껴지고 있었다! 공기를 깊게 들이쉬니 이미 이곳이 아닌 하늘 아래 어딘가 다른 곳, 도시 너머 먼 곳의 나무 위, 들판, 숲속에는 신비하고 아름다우며 풍요롭고 성스러운 봄의 생명력이 퍼져나갔을 것이라는 생각이 들었다. 그것은 나약하고 죄 많은 인간으로서는 이해하기 힘든 생명력이다. 그러자 나쟈는 왠지 울컥하는 마음이 들었다.

그녀, 나쟈는 벌써 스물 세 살이었다. 나쟈는 열여섯 살 때부터 열렬하게 결혼에 대해 꿈꾸어 왔는데, 마침내 이제는 창문 너머에 서 있는 바로 저 안드레이 안드레이치의 약혼녀가 된 상태였다. 나쟈는 안드레이 안드레이치가 마음에 들었고, 결혼식 날짜는 7월 7일로 잡혀 있었다. 그런데 그렇게 시간이 지나가는 사이 기쁨은 느껴지지 않았고 밤에는 잠이 잘 오지 않았으며 즐거운 마음은 사라져버렸다…. 지하층의 부엌에서 사람들이 바삐 움직이는 소리, 칼질하는 소리, 쿵 소리를 내며 문이 여닫히는 소리가 열린 창문을 통해 들려왔고, 칠면조 구이와 소금물에 약간 절인 체리 냄새도 풍겨왔다. 그녀는 자신의 삶도 이렇게 평생 이어질 것 같았다. 아무런 변화도 없이, 끝도 없이!

이때 누군가 집에서 나와 현관에 멈춰 섰다. 그것은 알렉산드르 찌모페이치 혹은 짧게 싸샤라는 이름으로 불리는 남자였는데, 열흘 전쯤 모스크바에서 이곳에 손님으로 온 사람이었다. 아주 오래전 언젠가 할머니의 먼 친척인 마리야 뻬뜨로브나라는 귀족 미망인이 궁핍한 상태에서 경제적인 도움을 청하기 위해 할머니를 자주 찾아오곤 했는데, 키가 작고 마르고 병색이 짙었던 그녀의 아들이 싸샤였다. 무슨 이유에서인지 그가 훌륭한 화가라는 말이 이곳에 떠돌았는데, 마리야 뻬뜨로브나가 죽자 할머니는 그를 불쌍히 여겨 모스크바의 꼬미사로프 기술학교에 입학시켜주었다.

2년쯤 뒤 그는 미술학교로 옮겼는데, 거기서 거의 15년 정도 있다가 건축 전공으로 간신히 졸업했다. 하지만 졸업 후 건축 일은 하지 않고 모스크바의 석판 인쇄소에서 일했다. 그는 매우 쇠약해진 몸 상태로 거의 매년 여름마다 할머니 집에 찾아와 머물곤 했는데, 요양하며 몸을 회복하기 위해서였다.

그는 단추를 채운 프록코트와 아래쪽이 구겨진 낡은 무명바지를 입고 있었다. 셔츠도 다리지 않은 상태였으며, 전체적으로 생기가 없는 모습이었다. 몹시 마른 몸, 큰 눈, 길고 가느다란 손가락, 무성한 수염에 거무스름한 얼굴… 하지만 어쨌든 잘생긴 사람이었다. 그는 슈민 집안사람들과 자기 가족처럼 가까워져서 올 때마다 마치 자기 집에라도 있는 것처럼 아주 편하게 행동했다. 그가 여기서 지내는 방도 이미 오래전부터 싸샤의 방이라고 불리고 있었다.

그는 현관에 서 있다가 나쟈를 보더니 다가왔다.

"여긴 좋은 곳이에요."

그가 말했다.

"그럼요, 좋은 곳이지요. 당신도 가을이 오기 전까

진 여기 머물도록 해요."

"네, 그렇게 해야 될 것 같아요. 아마 9월 전까진 여기 머물게 될 겁니다."

그는 아무 이유 없이 웃더니 나샤 옆에 앉았다.

"그런데 여기 앉아서 엄마를 바라보니까 엄마가 참 젊어 보여요!"

나샤가 말했다.

"물론 엄마에게도 약점은 있지만…"

나샤가 잠시 말을 멈췄다가 덧붙였다.

"그래도 엄마는 참 특별한 여자예요."

"네, 좋은 분이죠."

싸샤가 동의했다.

"그분 나름의 방식으로 보자면, 당신의 엄마는 물론 아주 선량하고 사랑스러운 여성이죠. 하지만… 뭐랄까? 내가 오늘 아침 일찍 부엌에 들렀는데, 거기서 보니 하인 네 명이 침대가 없어서 그냥 바닥에서 자고 있더라고요. 이부자리도 없어서 누더기를 덮고, 악취에 빈대에 바퀴벌레까지…. 20년 전이나 똑같고 아무것도 변한 게 없어요. 할머니는, 뭐, 어쩔 수 없잖아요. 할머니신데 뭘 기대하겠어요? 하지만 당신 엄마는 프랑스어도 할 줄 아실 테고 연극에도 참여하시잖아요. 뭔가 이해할 만한 분일 텐데."

싸샤는 말할 때 상대방 앞으로 야위고 긴 손가락 두 개를 내미는 버릇이 있었다.

"난 습관이 안 돼서인지 여기서 일어나는 모든 일이 왠지 아주 이상하게 느껴져요."

그가 말을 이어갔다.

"젠장 어찌 된 일인지, 여기선 아무도 일을 하지 않아요. 당신 엄마는 무슨 공작부인처럼 온종일 산책만 하시고, 할머니도 아무 일 안 하시고, 당신도 마찬가집니다. 당신 약혼자인 안드레이 안드레이치 역시 아무 일도 안 하더군요."

나쟈는 이 말을 작년에 들었고 아마 재작년에도 들은 것 같은 느낌이었다. 그랬기에 그녀는 싸샤가 이 문제를 다른 방식으로 판단할 수는 없다는 점을 알고 있었다. 그런데 예전에는 이 말을 그냥 가볍게 여기고 받아 넘겼지만, 오늘은 왠지 짜증이 났다.

"당신이 하는 그런 말은 전부 사람들이 오래전부터

하던 말들이라서 이제는 들으면 질릴 정도예요."

그녀는 이렇게 말한 후 일어났다.

"뭔가 좀 새로운 걸 생각해 내도록 해요."

쌰샤도 껄껄거리더니 자리에서 일어났고, 둘은 집으로 향했다. 나쟈는 키가 크고 예쁘고 날씬했는데, 지금 그와 나란히 옆에 있으니 아주 건강하고 화려해 보였다. 그녀 자신도 이점을 감지하다 보니 그가 불쌍해지고 왠지 마음도 불편해졌다.

"그리고 당신은 쓸데없는 말도 많이 해요."

나쟈가 말했다.

"방금 전에도 나의 안드레이에 대해 말을 했는데, 당신은 그 사람에 대해 아는 게 없잖아요."

"나의 안드레이라…. 당신의 안드레이는 알아서 잘 살라지요! 나는 당신의 젊음이 안타까울 뿐입니다."

그들이 홀에 들어왔을 때, 이미 사람들은 저녁을 먹으려고 자리에 앉고 있었다. 할머니, 또는 집에서 부르는 방식으로 하면 '할마니'는 아주 뚱뚱하고 못생겼으며 눈썹은 짙고 콧수염까지 약간 나 있는 분인데, 식탁에서 큰 소리로 말하고 있었다. 그녀의 목소리와 말하는 방식에서 이미 그녀가 이 집에서 제일 높은 사람이라는 점이 드러났다. 그녀는 시장에 몇 개의 점포를 소유하고 있었으며, 원형 기둥과 정원이 있는 고풍스러운 이 집도 그녀의 명의로 되어 있다. 하지만 그녀는 자신을 이 빈곤 상태에서 구해 달라고 아침마다 울면서 하나님께 기도를 드리는 사람이다.

식사 자리의 세 사람은 최면술에 관한 대화를 나누고 있었다. 할머니의 며느리, 즉 금발 머리 여성으로서 허리를 꽉 조이는 드레스에 코안경을 쓰고 손가락마다 다이아몬드 반지를 낀 모습으로 다니는 나쟈의 어머니 니나 이바노브나, 야윈 몸에 치아가 얼마 없고 마치 무언가 우스운 얘기를 할 준비가 되어 있는 듯한 표정의 안드레이 신부, 그리고 안드레이 신부의 아들이자 나쟈의 약혼자인, 곱슬머리에 뚱뚱하지만 예술가나 화가를 닮은 인상에 용모가 수려한 안드레이 안드레이치, 이 셋이 최면술에 대한 대화를 나누고 있었다.

"내 집에 일주일만 더 있으면 몸이 회복될 거다."

할마니가 싸샤를 향해 몸을 돌리며 말했다.

"많이 먹기나 해라. 네 꼴이 이게 뭐냐!"

그녀가 한숨을 쉬었다.

"정말 꼴이 말이 아니게 되었구나! 돌아온 탕아(蕩兒)란 바로 너 같은 녀석을 두고 하는 말일게다."

"아버지가 물려준 재산을 탕진한 후 이 죄 많은 인간은 돼지를 치며 살게 되었으니…"[1]

안드레이 신부가 할머니에게 눈웃음을 보내며 천천히 말했다.

"전 아버지가 참 좋아요. 아버지는 훌륭한 노인이세요. 선량한 노인이기도 하고요."

안드레이 안드레이치가 자기 아버지의 어깨에 손을 대며 말했다.

모두가 잠시 말이 없었다. 갑자기 싸샤가 웃음을 터뜨리더니 입에 냅킨을 가져다 댔다.

"자, 그렇다면 당신은 최면술을 믿으신다는 뜻이군요?"

안드레이 신부가 니나 이바노브나에게 물었다.

---

1) 안드레이 신부가 신약 성경 누가복음 15절에 있는 돌아온 탕아(蕩兒)의 이야기를 싸샤의 상황에 대충 빗대어서 하는 말임.

"물론 믿는다고 단언할 수는 없지만, 자연 속에는 신비하고도 이해할 수 없는 일도 많이 존재한다는 점은 인정해야 하지요."

니나 이바노브나는 아주 진지하고 심지어 엄격하기까지 한 표정을 띠며 대답했다.

"저도 그 말씀에 전적으로 동의합니다만, 신앙의 힘은 그런 신비의 영역에 속하는 일들을 많이 줄여준다는 점만큼은 개인적 견해로 말씀드려야겠네요."

크고 아주 기름진 칠면조 구이가 식탁에 나왔다. 안드레이 신부와 니나 이바노브나는 얘기를 이어갔다. 니나 이바노브나의 손가락에는 다이아몬드 반지들이 반짝이고 있었는데, 잠시 후에는 눈에서도 눈물이 반짝이기 시작했다. 그녀는 흥분하기 시작했던 것이다. 그녀가 말했다.

"제가 감히 신부님과 논쟁할 수는 없겠지만, 인생에는 풀리지 않는 수수께끼가 아주 많다는 점에 대해서는 동의하셔야 해요!"

"그런 현상이 몇 개쯤 있다는 건 저도 확실히 말씀드릴 수 있습니다."

저녁 식사가 끝난 후 안드레이 안드레이치는 바이올린을 연주했고 니나 이바노브나는 피아노로 반주를 했다. 안드레이 안드레이치는 10년 전에 대학에서 문헌학부를 졸업했지만, 그 후 직장을 가지려 들진 않았고, 특별히 하는 일 없이 가끔 자선음악회에 참여할 뿐이었다. 그는 이 고장에서 예술가라고 불리고 있었다.

안드레이 안드레이치가 연주를 하는 동안 사람들은 모두 말없이 듣고 있었다. 탁자 위에서는 사모바르[2]가 조용히 끓고 있었는데, 차를 마시는 사람은 싸샤 혼자뿐이었다. 이윽고 괘종시계가 열두 시를 치는 순간 바이올린 줄이 갑자기 끊어지자 모두 웃음을 터뜨렸고, 그 후 부산스럽게 서로 작별 인사를 나누기 시작했다.

약혼자를 배웅한 후 나쟈는 어머니와 함께 위층 방으로 올라갔다. 할머니는 아래층에서 살고 있었다. 아래층 홀에서는 불을 끄기 시작했지만, 싸샤는 여전히

---

2) 러시아에 전통적으로 존재해 온 '사모바르(самовар)'는 원통형의 철제 기구로서, 위쪽 공간에는 물을 붓고 분리된 아래쪽 공간에는 불을 붙인 목탄이나 나무를 넣어서 물을 끓이는 기구이다. 그 끓인 물로 러시아인들이 애호하는 차를 만들어 마시는 데 자주 쓰인다.

거기에 남아 차를 마시고 있었다. 그는 항상 오랫동안 차를 마셨는데, 모스크바식으로 한 번에 일곱 잔 정도를 마시곤 했다. 나쟈가 옷을 벗고 잠자리에 누운 뒤에도 아래층에서 하녀가 청소하는 소리와 할머니가 화를 내는 소리가 오랫동안 들려왔다. 마침내 모든 게 조용해진 후에는 아래층 자기 방에서 싸샤가 기침하는 소리만 이따금 들려왔다.

⟨2⟩

나쟈가 잠에서 깼을 때는 새벽 2시쯤이 분명했는데, 이미 서서히 동이 트고 있었다. 멀리 어딘가에서 야경꾼이 딱따기를 두드리고 있었다. 나쟈는 더 자고 싶은 마음이 들지 않았다. 침대는 아주 푹신했으나 그 점 때문에 오히려 자기가 불편했다. 나쟈는 지난 5월의 밤들과 마찬가지로 침대에 앉아 생각에 잠겼다. 그런데 어젯밤과 똑같이 끈질기게 이어지는 그 생각은 사실 단조롭고도 별 볼 일 없는 것으로, 어떻게 안드레이 안드레이치가 자신에게 구애하기 시작했고 청혼했는지, 어떻게 자신이 승낙했으며, 그 후로 자신이 이 선량하고 현명한 사람을 차츰 괜찮게 평가하기 시작했는지에 대한 것이었다. 하지만 결혼식까지 한 달 정도밖에 남지 않은 지금, 그녀는 왠지 정체를 알 수 없는 뭔가 아주 무거운 것이 자신을 기다리고 있는 듯한 느낌이 들었다.

딱-딱, 딱-딱.

야경꾼이 느릿느릿 딱따기를 두드리는 소리가 들려왔다.

딱-딱, 딱-딱.

오래되고 큰 창문으로 정원의 모습이 눈에 들어온다. 정원 먼 쪽에서 무성하게 꽃을 피운 라일락 나무들은 추위에 힘을 잃고 졸린 모습이다. 짙게 피어오른 하얀 안개는 조용히 헤엄쳐 와 라일락 나무들을 덮치려 한다. 먼 곳 나무들 위에서는 갈까마귀들이 졸린 듯 울고 있다.

"아 이런, 어째서 이렇게 마음이 무거운 걸까!"

어쩌면 나샤는 결혼을 앞둔 약혼녀라면 누구나 느끼게 되는 감정을 체험하고 있는지도 모른다. 그걸 누가 알겠는가! 그런데 혹시 이게 싸샤의 영향일 수도 있을까? 하지만 싸샤는 이미 여러 해째 마치 쓰여 있는 말을 읽기라도 하듯이 똑같은 말만 하고 있지 않은가. 게다가 그런 말을 할 때면 순진하면서도 한편으로는 이상하게 보이지 않았는가. 그런데도 대체 왜 싸샤의 모습이 머릿속에서 떠나지 않는 걸까? 무슨 이유일까?

야경꾼의 딱따기 소리가 들리지 않은 지도 오래되었다. 창 아래 정원에서는 새들이 지저귀기 시작했고, 안개는 이미 걷혔으며, 주변의 모든 것이 마치 미소를 닮은 봄빛을 받아 밝아졌다. 곧 정원 전체가 태양이 따뜻하게 어루만지는 손길로 되살아났고, 나뭇잎들 위에는 다이아몬드 같은 이슬방울들이 반짝이기 시작했다. 오랫동안 내버려둔 낡은 정원이 이날 아침에는 유달리 생생하고 화려해 보였다.

할머니도 벌써 잠에서 깼다. 싸샤는 둔탁한 기침 소리를 내기 시작했다. 아래층에서는 사모바르를 가져다 놓고 의자를 옮기는 소리가 들렸다.

시간은 천천히 가고 있다. 나쟈는 이미 오래전에 잠자리에서 일어났고, 지금은 이미 오랫동안 정원에서 산책하는 중이지만, 아침 시간은 아직도 길게 이어진다.

니나 이바노브나가 눈물 자국이 있는 얼굴에 광천수가 담긴 컵을 손에 들고 다가온다. 그녀는 심령술과 동종요법에 관심이 많고 책도 많이 읽었으며 자신의 마음이 쏠리는 의심스러운 것들에 대해 이야기하는 것도 좋아했는데, 나쟈 역시 그런 모든 것에는 그 나름의 깊고도 신비한 의미가 있는 것처럼 느꼈다. 나쟈는 어머니에게 입 맞추고 나란히 걷기 시작했다.

"엄마, 왜 울었어?"

"어젯밤에 어떤 할아버지와 딸의 이야기를 그린 중편소설을 읽기 시작했단다. 할아버지는 어딘가에서 근무하는 사람이었는데, 글쎄, 이 할아버지의 상관이 할아버지의 딸과 사랑에 빠지게 되더구나. 아직 끝까지 읽진 않았지만, 어느 한 부분에선 눈물을 참기 힘들더구나."

이렇게 말한 후 니나 이바노브나는 컵에 든 물을 한 모금 마셨다.

"오늘 아침에도 그 부분이 생각나서 좀 울었단다."

어머니의 말이 끝나고 잠시 생각한 후 나쟈가 말

했다.

"그런데 엄마, 난 요새 마음이 아주 우울해. 왜 밤마다 잠이 안 오는 걸까?"

"글쎄 잘 모르겠구나, 애야. 나는 밤에 잠이 안 오면 눈을 이렇게 아주 꼭 감은 후에, 안나 까레니나는 어떻게 걸을까, 그리고 어떻게 말할까를 상상하면서 내 모습도 거기에 비춰본단다. 아니면 고대 세계의 어떤 역사적인 장면을 머릿속에 그려볼 때도 있지…."

나쟈는 어머니의 말을 들으며 어머니가 자신의 마음을 이해하지 못하고 있으며 이해할 수도 없을 거라는 점을 느꼈다. 살면서 이런 마음 상태는 처음이었던지라 그녀는 무섭기까지 했고 감추고 싶어지기도 했다. 그녀는 자신의 방으로 돌아갔다.

두 시에는 점심 식사를 위해 가족들이 식탁에 앉았다. 그 날은 수요일이고 마침 재계일(齋戒日)이라서 할머니의 식탁에는 고기가 들어있지 않은 채소 수프와 곡물 죽을 곁들인 도미만 놓여졌다.

할머니를 약 올려주려고 싸샤는 채소 수프는 물론 고기 수프도 먹었다. 그는 점심을 먹는 내내 농담을 해댔는데, 그 농담들은 전부 윤리적인 의미를 전달해 주려는 듯 무거운 것들이었다. 게다가 그가 무슨 재치 있는 말이라도 하려는 듯 마치 죽은 사람의 손가락처럼 핏기 없이 야위고 긴 손가락을 들어 올릴 때면 가족들은 전혀 웃을 기분이 들지 않았다. 오히려 그가 매우 아프고 아마 앞으로 살날이 오래 남지 않았을 거라는 생각에 눈물이 날 정도로 그가 가여워졌다.

점심 식사 후 할머니는 쉬려고 자기 방으로 갔고, 어머니도 잠시 피아노를 치더니 자기 방으로 갔다.

"아, 친애하는 나쟈."

점심 식사 후에 늘 나오기 마련인 싸샤의 말이 시작되었다.

"당신이 내 말에 따라준다면 얼마나 좋겠습니까! 그러면 좋을 텐데요!"

나쟈가 눈을 감고 고풍스러운 팔걸이의자에 깊숙이 몸을 묻은 채 앉아 있는 동안, 싸샤는 홀 안을 조용히 왔다 갔다 했다.

"당신이 공부하러 떠난다면 참 좋을 텐데요!"

그가 앞서 하던 말을 이어갔다.

"교육받은 사람들과 경건한 사람들만이 흥미로운 존재들입니다. 그리고 그런 사람들만이 세상에 정말로 필요한 존재들입니다. 그런 사람들이 많아질수록 이 세상에는 신의 왕국이 더 빨리 도래할 테니까요. 그때가 되면 이 도시에는 점차 돌멩이 하나도 남지 않게 될 것이고, 모든 것은 뒤집혀서 날아가 버릴 것이며 모든 것이 변할 겁니다. 마치 마법처럼 말이죠. 그리고 그때가 되면 여기에 거대하고 위대한 집들, 멋진 정원들, 기막힌 분수들, 뛰어난 인재들이 생겨날 거예요…. 하지만 중요한 건 그게 아닙니다. 중요한 건, 그때가 되면 지금 세상에 현존하고 또 우리가 흔히 생각하기도 하는 군중, 사악한 실체로서의 그런 군중은 더 이상 존재하지 않게 될 것이라는 점입니다. 왜냐하면 각자가 자신의 믿음을 가지게 될 것이고, 각자가 자신의 삶의 목표를 알게 될 것이기 때문에 그 누구도 군중 속에서 자신이 의지할 바를 찾지는 않게 될 테니까 말이죠. 친애하는 나쟈, 사랑스러운 나쟈, 떠나요! 이렇듯 아무 움직임도 없는 잿빛의 죄스러운 삶에 질렸다는 것을 모든 이들에게 보여줘요! 자기 자신에게라도 보여줘요!"

"안 돼요, 싸샤. 난 결혼해요!"

"어이구, 그만 둬요! 그게 누구한테 필요하답니까?"

그들은 정원으로 나가 잠시 걸었다.

"사랑스러운 나쟈, 앞으로 무슨 일이 생기든 간에, 당신은 곰곰이 생각하고 깨달아야 해요. 안일하게 사는 자신의 삶이 얼마나 깨끗하지 못하고 얼마나 부도덕한지를 말이에요."

싸샤는 말을 이어갔다.

"깨달아야 해요. 예들 들어, 당신과 어머니와 할머니가 아무 일도 안 한다면 그건 곧 누군가 다른 사람이 당신들을 대신해 일을 하고 있다는 뜻이고, 그 말은 즉, 당신들은 다른 사람의 삶을 먹어 삼키고 있다는 뜻이기도 해요. 이런 걸 깨끗한 삶이라고 할 수 있을까요? 더럽지 않나요?"

나쟈는 '네, 맞아요.'라고 말하고 싶었다. 자신도 그런 점을 알고 있다고도 말하고 싶었다. 하지만 눈물이 솟아올라 갑자기 말문이 막히는 바람에 온몸을 움츠리고 자기 방으로 가버렸다.

저녁이 가까울 무렵 안드레이 안드레이치가 와서 평소처럼 오랫동안 바이올린을 연주했다. 그는 말 수가 적은 편이었는데, 그가 바이올린 연주를 즐기는 건 아마도 연주하는 동안에는 아무 말 안 해도 되기 때문일 수도 있다. 밤 10시가 넘어 집으로 돌아가야 할 시간이 되자 그는 외투를 입은 상태에서 나쟈를 끌어안고 얼굴과 어깨와 손에 열정적으로 키스를 하기 시작했다.

"나의 소중한 사람, 사랑스러운 사람, 아름다운 사람!"

그가 중얼거렸다.

"아 난 정말 행복해! 정말 기뻐서 미칠 것 같아!"

그녀는 이 말을 이미 오래전에, 아주 오래전에 들어봤거나 혹은… 낡아서 누더기가 되어 이미 오래전에 내다 버린 어떤 오래된 책 속에서 읽어본 것 같은 느낌이 들었다.

식당의 홀에서는 싸샤가 탁자에 앉아 작은 접시를 자신의 긴 다섯 손가락 위에 올려놓은 채 차를 마시고 있었다. 할마니는 혼자서 카드놀이를 하고 있었고 니나 이바노브나는 책을 읽고 있었다. 등잔 속의 불꽃은 탁탁 소리를 내며 타고 있었고 모든 것이 조용하고 만족스러워 보였다. 나쟈는 두 사람과 인사를 한후 2층의 자기 방으로 올라가서 누운 후 바로 잠이 들었다. 하지만 어젯밤처럼 날이 어슴푸레하게 밝아올 무렵 또다시 잠에서 깼다. 더 자고 싶지는 않았으며 마음속은 불안하고 무거웠다. 그녀는 머리를 무릎에 괴고 앉은 채로 약혼자와 결혼에 대해 생각했다…. 그녀의 머리에 왠지 떠오른 것은, 어머니는 돌아가신 아버지를 사랑하지 않았으며 지금은 자기 재산 같은 건 아무것도 없이 시어머니에게 완전히 의존해 살고 있다는 것이었다. 나쟈는 아무리 생각해 봐도 왜 자신이 지금까지 어머니에게서 특별하고 비범한 점만을 보아왔는지, 어째서 그녀가 단순하고 평범하며 불행한 여인이라는 점을 깨닫지 못했는지 이해할 수가 없었다.

아래층에서 기침하는 소리가 들리는 것을 보니 싸샤도 자고 있지 않은 것 같았다. 나쟈는 그가 별나고도 순진한 사람이라는 생각이 들었다. 그의 꿈속과 그 모든 멋진 정원들과 기막힌 분수들에서는 뭔가 허황된 점이 느껴졌다. 하지만 왠지 그의 순진함과 더불어 심지어 그 허황됨 속에도 상당히 아름다운 점이 느껴졌기에, 그녀는 공부하러 떠나면 어떨까 하는 생각만 해도 심장과 가슴 전체가 전율하듯이 깨어나 기쁨과 환희에 가득 찼다.

"하지만 이런 생각은 안 하는 게 좋아, 안 하는 게 좋단 말이야."

그녀는 혼잣말로 속삭였다.

"이런 생각은 하면 안 돼."

어딘가 멀리에서 야경꾼이 딱따기를 두드리는 소리가 들렸다.

딱-딱, 딱-딱, 딱-딱….

〈3〉

싸샤는 6월 중순에 문득 답답한 마음이 들어서 모스크바로 돌아가고자 마음을 먹었다.

"이 도시에서는 살 수가 없어요."

그는 침울하게 말했다.

"상수도 시설이 안 되어 있고 배수 시설은 더욱이 안 되어 있잖아요! 밥 먹는 것도 찜찜해요. 부엌이 저렇게 끔찍할 정도로 더러우니….."

"조금만 더 기다려, 이 탕아야! 이번 7월 7일이 결혼식 날이잖아!"

할머니는 왠지 속삭이는 목소리로 설득에 나섰다.

"싫어요."

"9월 전까진 여기서 지내고 싶다고 네가 말했잖니!"

"하지만 지금은 싫어요. 저는 일을 해야 한다고요!"

습기가 많고 쌀쌀한 여름 날씨가 시작됐다. 나무들은 젖어 있고 정원에 있는 모든 것들도 음산하고 우울한 느낌을 풍기다 보니, 정말로 뭔가 일을 하고 싶은 마음이 들 법도 했다.

위층과 아래층의 방마다 처음 듣는 여인들 목소리가 들려왔고, 할머니 방에서는 재봉틀이 달그락거리며 돌아갔다. 서둘러 혼수를 준비하는 중이었다. 나쟈를 위해 마련한 모피 외투만 해도 여섯 벌이었는데, 할머니 말에 따르면 그중에서 제일 싼 게 300루블이란다! 싸샤는 북새통에 짜증이 나서 자기 방에 틀어

박혀 화만 냈다. 하지만 어쨌든 그는 좀 더 머물도록 설득을 당했기에, 7월 1일에 떠나는 것으로, 그것보다 더 일찍 떠나지는 않는 것으로 약속을 정했다.

시간은 빨리 흘러갔다. 성(聖) 베드로의 날3) 점심 식사 후에 안드레이 안드레이치는 나쟈와 함께 모스꼽스까야 거리로 갔다. 임대료를 지불한 후 벌써 오래 전부터 신혼집으로 꾸미고 있던 집을 다시 한번 살펴보기 위해서였다. 2층짜리 집이었는데, 아직은 위층만 정돈된 상태였다. 홀에는 쪽모이 모자이크 형태로 공사해서 칠한 마루가 반짝거렸고, 비엔나풍의 의자들, 피아노, 바이올린 연주를 위한 보면대도 놓여 있었다. 페인트 냄새가 풍겼다. 벽에는 금빛 액자에 끼워진 큰 유화가 걸려 있었는데, 나체의 여인과 함께 그녀 곁에 손잡이가 떨어져 나간 연보랏빛 꽃병이 그려진 그림이었다.

"정말 멋진 그림이야. 화가 쉬시마쳅스끼의 작품

---

3) 예수의 열두 제자 중 한 사람인 사도 베드로의 죽음을 기리는 날로서 당시의 러시아 달력으로는 6월 29일에 해당한다. 사도 바울도 베드로보다 정확히 1년 뒤 같은 날에 사망했기에, 이날을 '사도 베드로와 바울의 날'로 부르기도 한다.

이지."

안드레이 안드레이치는 이렇게 말한 후 존경스럽
다는 듯이 탄식했다.

홀에서 조금 더 가보니 응접실이 있었는데, 거기엔
둥근 탁자, 소파, 밝은 하늘색 천을 씌워 놓은 팔걸이
의자들이 놓여있었다. 소파 위쪽엔 사제용의 둥근 벨
벳 모자를 쓰고 훈장을 단 안드레이 신부의 커다란
초상화가 걸려있었다. 그다음으로 그들은 찬장이 딸
린 식당을 거쳐 침실에도 들어가 보았다. 아직 어둠침
침했던 그 침실에는 침대 두 개가 나란히 놓여 있었
는데, 여기는 언제 와도 더할 나위 없이 매우 기분이
좋을 거라는 느낌을 주려는 생각으로 만든 침실인 것
같았다.

안드레이 안드레이치는 방마다 그녀를 데리고 다
니면서 계속해서 그녀의 허리에 팔을 두르고 있었는
데, 그러는 동안 그녀는 자신이 나약한 존재이며 뭔가
죄를 저지르고 있다는 느낌마저 들었다. 그녀는 방들,
침대들, 팔걸이의자들이 전부 싫었으며, 나체 여인의
그림을 보면서는 구토가 날 지경이었다.

이제 그녀는 안드레이 안드레이치가 싫어졌다는 점을, 아니 어쩌면 그를 사랑한 적이 전혀 없을지도 모른다는 점을 확실히 느끼게 되었다. 하지만 요사이 밤낮으로 이에 대해 생각해 왔지만, 그녀는 이것을 어떻게 말해야 할지, 누구에게 말해야 할지, 또 무슨 목적으로 이것을 말해야 할지에 대해서는 알지 못했고 알 수도 없었다…. 그는 그녀의 허리를 안은 채 집 안을 여기저기 돌아다니며 아주 다정하고 소박한 태도로 말을 했으며 스스로도 아주 행복한 표정이었다. 하지만 그녀가 그 모든 것에서 본 것은 오직 저속함, 어리석고도 순진하며 참을 수 없는 저속함뿐이었다. 허리를 안고 있는 그의 손도 그녀에게는 쇠고리처럼 딱딱하고 싸늘하게 느껴졌다. 그랬기에 그녀는 매 순간 도망치고 싶었고, 흐느껴 울고 싶었고, 창문 밖으로 뛰어내리고도 싶었다.

안드레이 안드레이치가 그녀를 욕실로 데려와 벽에 붙은 수도꼭지를 만지자 갑자기 물이 흘러나왔다.

"어때?"

그는 물어본 후 웃음을 터뜨렸다.

"내가 벽 위 다락에 양동이 100개 분량의 물을 저장할 수 있는 물통을 만들어 놓으라고 지시를 해두었지. 그러니 이제부터는 그 물을 사용할 수 있게 된 거야."

그들은 마당을 통과한 후 거리로 나와 마차를 잡아탔다. 흙먼지가 짙은 먹구름처럼 날아다녔으며, 금방이라도 비가 내릴 것 같았다.

"춥지 않아?"

안드레이 안드레이치가 흙먼지에 눈을 찌푸리며 물었다.

나쟈는 잠자코 있었다. 잠시 말이 없던 안드레이 안드레이치가 말했다.

"당신도 기억하겠지만, 어제 싸샤가 나한테 아무 일도 안 한다고 비난을 했잖아. 뭐 상관없어! 그 말이 맞으니까! 확실하게 맞는 말이지! 난 아무 일도 안 하고 할 줄도 몰라. 나의 소중한 나쟈, 내가 왜 그러는지 알아? 모자에 표장을 붙이고 관청에 출근한다는 생각만 해도 불쾌한 이유는 뭘까? 변호사나 라틴어 교사나 군 자치회 의원들을 보기만 해도 마음이 불편해지는 이유는 뭘까? 오 어머니 루시[4]여! 어머니 루시여!

어째서 이 땅엔 한가로이 지내기만 하는 무익한 자들이 이토록 많다는 말인가! 이 땅엔 나 같은 자들이 얼마나 많은가, 오 고난이 많은 땅이여!"

그는 자신이 아무 일도 안 하는 이유를 일반화시켜 말했는데, 그것을 이 시대의 어쩔 수 없는 현상일 뿐이라고 여겼던 것이다.

그가 말을 이어갔다.

"결혼하면 우리 같이 시골로 가자. 거기서 일을 하는 거야! 정원도 있고 강도 흐르는 작은 땅덩이를 사서 노동을 하자, 생명도 관찰하고…. 아, 그렇게 되면 얼마나 좋을까!"

말하는 도중 그가 모자를 벗으니 머리칼이 바람에 흩날렸는데, 나쟈는 그의 말을 들으면서도 '아 정말 집에 가고 싶다! 정말!'이라는 생각을 하고 있었다.

집에 거의 다 왔을 무렵 마차는 안드레이 신부 옆

---

4) 루시(русь): 러시아인들의 조상이 동슬라브족의 일원으로서 역사의 무대에 등장하던 서기 8~9세기경부터 그들을 칭하던 명칭이다. 이 명칭은 '끼예프 루시'라는 국가 명칭에도 반영되며, 그 후 15세기 말을 거쳐 '러시아'라는 국가 명칭으로 바뀐 이후에도 러시아인들의 영광스러웠던 과거를 현재와 연결해 말하고자 할 때 종종 사용되었다.

을 지나가게 되었다. 안드레이 안드레이치는 반색하면서 모자를 벗어 자기 아버지에게 흔들며 외쳤다.

"아, 저기 아버지가 가고 계시네!"

마부에게 마차 삯을 치르면서 그가 덧붙였다.

"난 아버지가 참 좋아. 아버지는 훌륭한 노인이지. 선량한 노인이기도 하고."

나쟈는 표정이 굳어지고 화도 난 상태로 집에 들어왔다. 이제부터는 저녁 내내 손님들이 집에 머물 것이며 자신은 그들을 접대해야 하고 미소를 지어야 하며 바이올린 연주에다 온갖 쓸데없는 소리까지 들어야 하고 오직 결혼 얘기만 해야 하기 때문이다. 화려한 실크 드레스를 입은 할머니는 손님들이 있을 때면 항상 그러하듯이 위엄을 갖추고 오만한 모습으로 사모바르 옆에 앉아 있었다. 안드레이 신부는 교활한 미소를 지으며 들어왔다.

"이렇게 건강하신 모습을 대하니 제 마음이 흡족하고 은혜로운 위안을 받습니다."

그는 할머니에게 이렇게 말했는데, 나쟈는 그 말이 농담인지 진담인지 이해하기가 힘들었다.

〈4〉

바람이 창문과 지붕에 몰아쳐 덜컹거리는 소리가 들렸다. 바람 소리가 '휘잉휘잉'하며 들리는데, 벽난로 안에서는 도모보이[5]가 슬프고도 음울하게 노래를 부르고 있었다. 모두 잠자리에 들었지만 아직 아무도 자고 있지는 않았다. 나쟈는 아래층에서 바이올린을 켜고 있는 느낌이 계속 들었다. 뭔가가 부러지는 듯한 날카로운 소리가 들렸는데, 아마 바람에 덧창이 떨어져 나가는 소리인 듯했다. 잠시 후, 잠옷만 걸친 니나 이바노브나가 촛불을 들고 들어왔다.

"나쟈, 방금 그 부러지는 소리는 뭐니?"

그녀가 물었다.

머리를 한 가닥으로 땋아서 내려뜨린 어머니는 겁먹은 듯한 미소를 짓고 있었는데, 오늘 같이 심한 비바람이 치는 밤에 보니 더 늙고 못나고 작아 보였다. 나쟈는 얼마 전까지만 해도 어머니를 특별한 사람으로

---

5) 도모보이(домовой): 러시아를 포함한 슬라브 여러 민족의 신화에 등장하는 신비한 존재로, 사람의 집에 주인처럼 거주하며 가족의 삶과 평안, 건강, 출산 등을 보살펴준다고 여겨진 집의 정령(精靈).

여기며 그녀가 하는 말에 자랑스럽게 귀 기울였던 것이 떠올랐다. 하지만 지금은 그게 어떤 내용이었는지 전혀 기억이 나지 않았고, 머릿속에 떠오르는 것이라고는 전부 막연하고 하찮은 쓸데없는 것들뿐이었다.

벽난로 안에서는 여러 가지 목소리가 나지막하게 울려나왔고, 심지어 '아-하, 이를 어-쩌-나!'라고 노래하는 듯한 소리도 들렸다. 나쟈는 침대에 앉더니 별안간 머리카락을 세게 움켜쥔 후 흐느끼기 시작했다. 그녀가 말했다.

"엄마, 엄마! 나한테 지금 어떤 일이 생기고 있는지 엄마가 안다면! 엄마, 제발 부탁이야, 날 떠나게 해 줘! 제발!"

"어디로?"

이해를 못한 니나 이바노브나가 물어보더니 침대에 앉은 후 다시 물었다.

"어디로 간다는 거니?"

나쟈는 오랫동안 울었고 한마디도 대답할 수 없었다. 그러더니 마침내 말했다.

"이 도시에서 떠나도록 해 줘! 결혼식은 열리면 안

돼! 그리고 열리지도 않을 거야! 이해해 줘! 난 그 사람을 사랑하지 않아…. 그리고 그 사람에 대해선 할 말도 없어."

"안 돼, 내 딸아, 그건 안 돼!"

니나 이바노브나는 대경실색하며 다급하게 말했다.

"진정해라. 네가 지금 마음이 안정이 안 돼서 그런 생각이 드는 거란다. 얼마 있으면 괜찮아질 거야. 살다 보면 이럴 때도 있어. 사소한 일로 안드레이랑 다퉜나 보구나. 하지만 사랑하는 사람들끼리는 싸웠다가 화해했다 그러는 거란다."

"아아, 엄마 나가 줘, 나가 줘!"

나샤는 흐느끼기 시작했다.

"알겠다."

잠시의 침묵 뒤에 니나 이바노브나가 말했다.

"네가 아기였고 소녀였던 게 언제였는지도 가물가물한데, 이제 벌써 결혼할 때가 되었다니. 자연에서는 모든 것이 끊임없이 교체된단다. 자신도 모르는 사이에 어머니가 되고 할망구가 되는 거지. 너한테도 너처럼 고집 센 딸이 태어날 거다."

"사랑스럽고 착한 우리 엄마. 엄마는 현명하잖아. 그런데 왜 불행할까."

나쟈가 말했다.

"엄마는 정말 불행해. 그러니까 그런 진부한 말을 하는 거잖아. 대체 왜 그런 말을 하는 거야? 대체 왜?"

니나 니바노브나는 무슨 말인가를 하고 싶었지만 한마디도 입 밖에 내지 못한 채 훌쩍거리며 자기 방으로 갔다. 벽난로 속에서 또다시 나지막하게 웅웅거리는 목소리들이 들려왔기에 갑자기 무서운 느낌이 들었다. 나쟈는 침대에서 벌떡 일어나 급히 어머니의 방으로 갔다. 얼굴에 눈물 자국이 남은 니나 이바노브나는 하늘색 이불을 덮어쓰고 손에는 책을 쥔 채 침대에 누워 있었다.

"엄마, 내 말을 잘 들어봐!"

나쟈가 말했다.

"제발 부탁인데, 깊이 생각하고 깨달아. 우리 인생이 얼마나 하찮고 굴욕적이게 되었는지 보란 말이야. 나는 눈이 떠져서 이제는 다 보여. 그리고 저 안드레이 안드레이치가 대체 어떤 사람이라고 생각해? 엄마, 그 사람은 똑똑하지 않아! 오 하나님! 엄마, 이해를 하란 말이야. 그 사람은 어리석어!"

그 순간 니나 이바노브나는 갑자기 침대에서 몸을 일으킨 후 고쳐 앉았다.

"너랑 너의 할멈은 나를 괴롭히고 있어!"

그녀가 얼굴을 확 붉히며 말했다.

"난 살고 싶어, 제대로 살고 싶다고!"

그녀는 반복해 말한 후 주먹으로 가슴을 두 번 쳤다.

"제발 나한테 자유를 달란 말이야! 난 아직 젊고, 제대로 살고 싶어. 하지만 너랑 할멈이 나를 할망구로 만들어 버렸어!"

그녀는 고통스럽게 흐느끼다가 자리에 누운 후 이불을 두르고 몸을 웅크렸는데, 그러자 아주 작고 불쌍하며 어리석어 보였다.

나쟈는 자기 방으로 돌아온 후 옷을 입고 창가에 앉아 아침이 오기를 고대하기 시작했다. 그녀는 생각에 잠겨 밤새 앉아 있었는데, 누군가 마당 쪽에서 계속 덧창을 두드리며 휘파람을 불어댔다.

아침이 되었을 때 할머니는 어젯밤에 불었던 바람

때문에 사과가 다 떨어졌고 오래된 자두나무 한 그루도 부러졌다고 불평을 늘어놓았다. 주위는 등잔불을 켜고 싶을 정도로 잿빛에다가 침침하고 우울한 분위기였다. 모두가 춥다고 불평을 했으며 비는 여전히 창문을 때리고 있었다.

차를 마신 후 나쟈는 싸샤의 방으로 갔다. 그녀는 구석의 팔걸이의자 옆에 무릎을 꿇고 앉은 후 두 손으로 얼굴을 가렸다.

"왜 그래요?"

싸샤가 물었다.

"이렇게는 못 살겠어요."

그녀가 말했다.

"내가 지금까지 이런 데서 어떻게 살았는지 모르겠어요, 이해가 안 돼요! 약혼자도 경멸스럽고, 나 자신도 경멸스럽고, 빈둥거리며 사는 이 의미 없는 삶 전체도 경멸스러워요…."

"아니, 진정해요…. 지금껏 별 탈 없이 사는 것처럼 말하더니…. 잘 살고 있다고 느끼는 것 같더니…."

문제가 뭔지 아직 알아채지 못한 싸샤가 말했다.

나샤는 말을 이어갔다.

"이런 삶이 싫어졌어요. 여기선 이제 하루도 더 못 견디겠어요. 내일 여길 떠날 거예요. 당신이 떠날 때 나도 데려가 줘요, 제발!"

싸샤는 놀란 표정으로 잠시 그녀를 바라보더니 마침내 이해를 하고 아이처럼 기뻐했다. 기쁨이 넘친 그는 마치 춤을 추듯 팔을 휘저은 후 발을 쾅쾅 구르기 시작했다.

"대단해요! 오 하나님, 정말 훌륭한 결정이에요!"

나샤는 마치 황홀경에 빠진 여자처럼 눈도 깜박하지 않고 커다랗고 사랑에 빠진 눈으로 그를 바라보았다. 그가 뭔가 의미 있고 한없이 중요한 어떤 말을 해주기를 기대하는 듯했다. 그는 그녀에게 아직 아무 말도 안 해 주었지만, 그녀는 자신이 예전에는 모르고 지냈던 새롭고도 광활한 무언가가 앞에 열리는 듯한 느낌이 들었다. 기대감에 가슴이 벅차오른 그녀는 그 어떤 것도, 심지어 죽음도 각오하고 있다는 눈길로 그를 바라보았다.

"난 내일 떠납니다."

잠시 생각하더니 그가 말했다.

"그리고 당신은 나를 배웅하러 역으로 가면 되는 거예요…. 당신 표는 내가 살 거고 당신 짐도 내 가방에 넣어 줄게요. 기차 출발을 알리는 벨이 세 번째 울릴 때 기차에 타세요. 그럼 우린 떠나게 되는 거예요. 모스크바까지는 나와 함께 가게 되고, 그다음은 당신 혼자 뻬쩨르부르그까지 가는 경로예요. 신분증은 가지고 있나요?"

"있어요."

"맹세하건대, 당신은 후회도 안 할 거고 뉘우치는 일도 없을 거예요."

감격한 상태로 싸샤가 말했다.

"가는 거예요, 그리고 공부하는 거예요. 거기 가면 운명에 자신을 맡겨요. 당신의 삶을 뒤집으면 모든 게 변할 거예요. 중요한 건 삶을 뒤집는 거예요, 나머지 모든 건 중요하지 않아요. 자 그럼, 우리 내일 떠나는 겁니다?"

"오 그럼요! 제발!"

나쟈는 매우 흥분 상태였으며 살면서 한 번도 겪은

적 없는 큰 부담감도 느끼고 있었다. 또한 떠나기 직전까지는 고통스러운 생각을 하며 괴로워할 것이라는 점도 느꼈다. 하지만 위층 자기 방으로 돌아와 침대에 눕자마자 바로 잠에 빠져들었고, 눈물 젖은 얼굴에 미소를 띤 채 저녁이 될 때까지 곤히 잤다.

〈5〉

집에서는 마차를 부르러 사람을 보냈다. 이미 모자를 쓰고 외투를 입은 상태였던 나쟈는 남겨두고 갈 자기 물건들도 다시 한번 보고 어머니도 볼 겸 위층으로 올라갔다. 자기 방에서 나쟈는 아직 온기가 남아 있는 침대 곁에 서서 방을 잠시 둘러본 다음 조용히 어머니 방으로 갔다. 니나 이바노브나는 자고 있었고 방 안은 고요했다. 나쟈는 어머니 이마에 키스하고 머리카락을 정돈해 준 다음 2분 정도 곁에 서 있었다…. 그러고는 천천히 아래층으로 내려갔다.

"나쟈, 마차에 너와 싸샤가 같이 앉을 자리가 충분치 않구나."

하인들이 마차에 여행 가방들을 싣기 시작했을 때

할머니가 한마디 했다.

"이런 날씨에 배웅을 하러 가겠다고 고집은 왜 부리는 건지! 그냥 집에 있는 게 좋을 텐데. 이것 봐라, 비가 이렇게나 쏟아지지 않니!"

나쟈는 무슨 말인가를 하고 싶었으나, 그러지 못했다. 싸샤는 나쟈를 마차 좌석에 앉힌 후 융단으로 그녀의 다리를 덮어주었다. 그러고는 자신도 나쟈 옆에 앉았다.

"잘 가거라! 하나님이 축복하시길!"

현관 계단에서 할머니가 소리쳤다.

"싸샤, 넌 모스크바에 가면 꼭 편지해야 한다!"

"알겠어요. 안녕히 계세요, 할마니!"

"성모 마리야께서 널 지켜주시길!"

"아, 날씨가 왜 이렇지!"

싸샤가 말했다.

나쟈는 그제야 눈물을 흘리기 시작했다. 할머니와 작별을 하고 어머니를 들여다보았을 때만 해도 믿기지 않았지만, 자신은 틀림없이 떠난다는 사실이 이제는 분명해졌기 때문이다. 도시야, 잘 있거라! 그러자 문득 모든 것이 떠올랐다! 안드레이도, 그의 아버지도, 신혼집도, 꽃병과 함께 그려져 있던 나체의 여인도. 하지만 그 모든 것은 이제 그녀를 놀라게 하지도 고통스럽게 하지도 않았으며, 그저 단순하고 사소한 것들로 느껴지며 기억 뒤편으로 점점 더 멀어져 갔다.

그들이 객실에 자리를 잡고 기차가 움직이기 시작하자, 그토록 크고 심각하게 여겨졌던 과거의 모든 것이 하나의 작은 덩어리로 쪼그라들었고, 그때까지는 거의 감지하지 못했던 거대하고도 광활한 미래가 펼쳐졌다. 비는 기차의 창문을 두드리고 있었으며 눈앞에 보이는 것이라곤 오직 초록빛 들판뿐이었는데, 간혹 전신주들과 전선 위에 앉은 새들이 잠깐씩 눈앞을 스쳐 지나가기도 했다. 나쟈는 기쁨으로 숨이 멎을 것 같았다. 그녀는 자신이 자유롭게 떠난다는 것, 공부를 하러 떠난다는 것을 떠올렸다. 그것은 언젠가 아주 오래전에 사람들이 '까자크의 땅으로 떠난다!'[6]고 외치

---

6) 러시아 역사의 초반인 '끼예프 루시' 시대 13세기경부터 그 후 로마노프 왕조의 17세기까지 지주들의 가혹한 수탈을 이기지 못한 많은 농민들은 드네쁘르 강과 볼가 강 유역의 토착 유목민인 '까자크'들의 영역으로 도망쳐 들어가 함께 살며 그곳에서 자유로운 삶을 누리고자 했다. 나중에는 이렇게 도망쳐간 사람들까지도 합쳐

던 것과 똑같은 상황이었다. 그녀는 웃기도 하고 울기고 하고 기도하기도 했다.

"별 일 없을 거예요!"

씩 웃으며 싸샤가 말했다.

"괜찮을 거예요!"

〈6〉

가을이 지났고 뒤이어 겨울도 지나갔다. 나쟈는 이미 심하게 고향 집이 그리워져서 매일 어머니와 할머니를 생각하게 되었고, 아울러 싸샤에 대해서도 생각했다. 집으로부터는 상냥하고 다정한 편지가 간혹 왔다. 이미 모든 것이 용서되고 잊힌 것처럼 보였다. 시험이 끝난 5월, 그녀는 건강하고 명랑한 모습으로 고향 집으로 출발했는데, 도중에 싸샤를 만나보기 위해 모스크바에 들렀다. 그는 여전히 작년 여름과 똑같은 모습이었다. 덥수룩한 수염과 헝클어진 머리, 여전히 똑같은 프록코트와 무명바지 차림이었는데, 두 눈 역시 여전히 크고 아름다웠다. 하지만 안색을 보니 건강

서 '까자크'라고 불리게 되었다.

이 좋지 않으며 뭔가 고달파하는 느낌이 들었다. 그는 그 사이 다소 늙은 것처럼 보였고 조금 말랐으며 계속 기침을 하고 있었다. 나쨔의 눈에 그는 마치 우울한 시골뜨기처럼 보였다.

"아니 이런, 나쨔가 왔네!"

그는 이렇게 말하더니 쾌활하게 웃음을 터뜨렸다.

"아아, 나쨔, 사랑스러운 사람이여!"

그들은 담배 연기가 자욱하고 잉크와 물감 냄새가 숨이 막힐 정도로 풍기는 석판 인쇄소 안에 잠시 앉아 있다가 싸쨔의 방으로 갔다. 그곳도 담배 연기가 자욱했고 여기저기에 뱉어 놓은 침 자국도 있었다. 탁자 위의 식어버린 사모바르 옆에는 검은색 종이를 넣어 둔 깨진 접시가 놓여 있었다.[7] 탁자 위에도 마루 위에도 죽은 파리들이 많이 널려 있었다. 이런 모든 상황으로 볼 때, 싸쨔는 불결한 생활을 해왔으며 편리

---

7) 파리를 퇴치하기 위한 방식의 하나로서, 접시에 설탕물을 부어 놓은 후 검은색 종이에 독약을 적셔 접시의 설탕물 속에 함께 담가 놓으면 설탕물에 유혹되어 마신 파리가 독으로 인해 죽게 되는 방식. 사람들이 마실 수 있는 위험성을 방지하기 위해 검은색 종이를 사용해 눈에 띄도록 한 것이다.

한 생활이라는 개념은 완전히 무시하고 되는대로 살아왔음을 알 수 있었다. 따라서 만일 누군가 그의 개인적 행복과 삶, 그에 대한 타인들의 애정 등에 대해 이야기를 꺼낸다면, 그는 아마 전혀 이해하지 못하고 그저 웃어버렸을 것이다.

나쟈가 서둘러 이야기를 꺼냈다.

"나한텐 별 문제 없어요. 모든 게 순조롭게 지나갔어요. 엄마가 가을에 뻬쩨르부르그에 오셨었는데, 할머니는 화를 내고 계시지는 않는다고 하더라고요. 대신 매일 내 방에 가서 벽을 보고 성호를 그으실 뿐이래요."

싸샤는 쾌활해 보였지만 계속 기침을 했고 목소리는 갈라져 있었다. 나쟈는 계속 그를 살펴보았지만, 그가 정말 심각하게 아픈 건지 아니면 자신이 그냥 그런 느낌을 받는 건지는 알 수 없었다.

"나의 친애하는 싸샤."

그녀가 말했다.

"당신 아픈 게 맞군요!"

"아니요, 괜찮아요. 아프긴 하지만 심한 건 아니

에요…."

나쟈는 흥분하기 시작했다.

"오, 맙소사! 왜 의사한테 치료를 받지 않는 거예
요? 왜 자신의 몸을 돌보지 않나요? 소중한 사람, 사
랑스러운 싸샤."

그렇게 말한 후 그녀의 눈에서는 눈물이 솟구쳐 나
왔다. 그리고 왠지 그녀의 상상 속에서 안드레이 안드
레이치, 꽃병과 함께 있던 나체의 여인, 그리고 지금
은 마치 어린 시절만큼이나 멀리 떨어진 것처럼 느껴
지는 자신의 모든 과거가 되살아났다. 그녀가 운 것은
싸샤가 이제는 이미 작년의 그가 아닌 모습, 새롭거나
지적이거나 흥미로운 사람이 아닌 모습으로 변했기
때문이었다.

"사랑스러운 싸샤, 당신은 아주, 아주 많이 아파요.
당신이 이렇게 창백하거나 야위지 않도록 할 수 있었
다면 난 무슨 일이든 했을 거예요. 난 당신에게 많은
걸 빚졌잖아요! 나의 훌륭한 싸샤, 당신이 내게 얼마
나 많은 걸 해 주었는지 당신은 상상도 할 수 없을
거예요. 이젠 당신이야말로 본질적으로 내게 가장 가

까운 사람이고 친남매와도 같은 사람이에요."

그들은 잠시 앉아서 이야기를 나누었다. 뻬쩨르부르그에서 겨울을 지내고 온 지금 나쟈에게 그의 말과 미소, 그의 전체 모습에서는 뭔가 낡았고 구식이며 오래전에 무르익은 후 이제는 아마도 이미 죽음의 길로 들어선 것 같은 분위기가 풍겨왔다.

"나는 이틀 후에 볼가 강으로 갈 거예요."

싸샤가 말했다.

"그다음엔 꾸믜스[8]를 마시러 가야죠. 꾸믜스를 좀 마셔보고 싶어요. 내 친구랑 그의 아내도 함께 갈 겁니다. 그의 아내는 놀라운 사람이에요. 계속 그녀의 마음을 흔들며 설득 중이에요. 대학에 입학해서 공부를 해 보라고요. 그녀가 자신의 삶을 뒤집었으면 좋겠어요."

이야기를 마친 후 그들은 기차역으로 갔다. 싸샤가

---

8) 꾸믜스(кумыс): 원래 중앙아시아 지역 유목민들의 생활에서 유래된 것으로, 말의 젖을 약간 발효시켜 만든 도수가 낮은 술이다. 그대로 식용으로 사용하거나 혹은 병자에게 원기를 북돋아주는 약으로 사용되었다. 우리말로 적는다면 마유주(馬乳酒)에 해당한다. 이 작품의 싸샤처럼 폐결핵을 앓았던 작가 체홉도 생애 말년에는 꾸믜스를 마시러 중앙아시아 지역을 다녀온 적이 있다.

차와 사과를 대접했다. 기차가 출발했을 때 그는 미소를 지으며 손수건을 흔들었다. 걷는 다리의 모습만 봐도 그가 매우 아픈 상태이고 얼마 살지 못할 것이라는 점이 느껴졌다.

나쟈는 정오에 고향 도시에 도착했다. 기차역에서 집으로 가는 동안 보니 거리들은 매우 넓어 보였지만 집들은 작고 납작해 보였다. 사람들은 눈에 띄지 않았으며 적갈색의 외투를 입은 독일인 악기 조율사만 마주쳤을 뿐이다. 집들은 모두 먼지로 뒤덮인 듯했다.

예전처럼 뚱뚱하고 못생겼으며 이제는 이미 완전히 늙어버린 할머니가 양팔로 나쟈를 붙잡더니 얼굴을 그녀의 어깨에 묻은 채 한참이나 울면서 떨어질 줄 몰랐다. 니나 이바노브나 역시 많이 늙고 얼굴이 초췌해졌으며 온몸이 야위었다. 하지만 여전히 예전처럼 허리를 꽉 조인 옷을 입고 있었고 손가락에는 다이아몬드가 반짝였다.

"사랑하는 내 딸!"

그녀가 온 몸을 떨며 말했다.

"사랑하는 내 딸!"

그 후 모두 앉아서 말없이 울었다. 할머니와 어머니 두 사람 다 과거는 영원히 상실되었으며 되돌릴 수 없다는 점을 느끼고 있었다. 사교계에서 지위도, 예전의 명예도, 손님을 집으로 초대할 권리도 이미 존재하지 않았다. 이것은 이를테면, 편안하고 근심 없는 삶을 살던 중에 갑자기 밤에 경찰이 들이닥쳐 집 수색을 당하고 뜬금없이 집 주인의 횡령과 위조 사실이 드러나면서 그때까지의 편안하고 근심 없는 삶은 완전히 끝장나는 상황과 마찬가지였다.

나쟈는 위층으로 올라가 보았다. 예전과 다름없는 침대, 예전과 다름없이 하얗고 순진한 색깔의 커튼이 달린 창문, 예전처럼 햇살을 듬뿍 받고 즐겁고 소란한 분위기가 넘치는 창문 너머의 정원이 보였다. 그녀는 탁자와 침대를 만져본 후 잠시 앉아 생각에 잠겼다. 점심도 잘 먹었고, 맛있고 기름기가 풍부한 크림을 넣은 차도 마셨다. 하지만 뭔가가 부족한 듯했고, 집안의 방들에서는 공허함이 느껴졌으며, 천장은 낮았다. 밤이 되자 그녀는 이불을 덮고 잠자리에 들었지만, 이 따뜻하고 부드러운 침대에 누워있는 것이 왠지 우스웠다.

니나 이바노브나가 들어오더니 마치 죄를 지은 사람처럼 소심한 표정으로 조심스럽게 앉았다.

"그래, 나쟈야 어떠니?"

잠시 침묵했던 그녀가 물었다.

"만족하니? 아주 만족해?"

"만족해, 엄마."

니나 이바노브나는 자리에서 일어나 나쟈와 창문을 향해서 성호를 그었다.

"너도 보다시피 나는 신앙심이 깊어졌단다."

그녀가 말했다.

"요새는 철학을 공부하는데, 계속해서 뭔가에 대해 생각하고 또 생각한단다…. 그래서 이젠 내게 많은 게 대낮처럼 분명해졌어. 내가 보기에 무엇보다도 필요한 건, 삶 전체가 마치 프리즘을 통해 흘러가는 것처럼 만들어야 한다는 거야."

"엄마, 그런데 할머니 건강은 어때?"

"괜찮으신 것 같다. 네가 그때 싸샤와 함께 떠나고 너한테서 전보가 온 후, 할머니는 그걸 읽고선 바로 쓰러지셨어. 사흘을 꼼짝도 못 하고 누워계셨지. 그다음엔 계속 하나님께 기도하며 우셨단다. 하지만 지금은 괜찮으셔."

딱-딱…. 딱-딱, 딱-딱.

야경꾼이 딱따기를 두드리는 소리가 들렸다.

니나 이바노브나는 방 안을 서성거리며 말했다.

"무엇보다도 필요한 건, 삶 전체가 마치 프리즘을 통해 흘러가는 것처럼 만들어야 한다는 거야. 다시 말해서, 사람은 자신의 삶을 마치 일곱 가지 기본 색상처럼 가장 기본적인 요소들로 나눌 수 있어야 하고, 각 요소들도 개별적으로 연구할 수 있어야 한다는 거야."

나쟈는 곧 잠이 들었기에 어머니가 더 무슨 말을 했는지, 언제 나갔는지는 듣지 못했다.

5월이 지나고 6월이 왔다. 나쟈는 이미 고향 집에 익숙해졌다. 할머니는 깊이 한숨을 내쉬며 사모바르 주위에서 분주하게 움직이곤 했으며, 니나 이바노브나는 저녁마다 자신의 철학에 대해 논하곤 했다. 니나 이바노브나는 예전처럼 이 집에 식객처럼 얹혀사는 것 같았고, 20꼬뻬이까짜리 동전 하나도 할머니로부터 받아 써야 했다. 집 안에는 파리가 많았고, 방들의 천장은 점점 더 낮아지는 것 같았다. 할머니와 어머니는 안드레이 신부나 안드레이 안드레이치와 마주칠까 봐 무서워서 집 밖으로 나가지 않았다. 나쟈는 집 안의 정원과 바깥의 거리를 거닐었으며, 집들과 회색 담장들을 바라보았다. 도시 안의 모든 것이 이미 오래전에 낡아서 생명이 다했으며, 모든 것이 다 끝나버리거나 무언가 젊고 신선한 것이 탄생하기를 기다리는 것 같았다. 아, 사람들이 자신의 운명을 두 눈 똑바로 뜨고 용감하게 바라볼 수 있는 날이 하루라도 빨리 왔으면! 그렇게 돼서 자신이 옳게 살았다는 사실을 깨닫고 쾌활하고 자유롭게 될 수 있다면! 그러한 삶은 빠르든 늦든 찾아올 것이다! 네 명의 하인이 지하의 더러운 단칸방에서 살게 되어 있는 할머니의 이 집에서 아무 흔적도 남지 않게 되고 모두 이 집에 대해 잊고 기억하지 못하게 될 날도 꼭 올 것이다.

나쟈를 즐겁게 해 준 것은 이웃집 마당의 아이들뿐이었다. 그녀가 정원을 거닐 때면 아이들은 담장을 두드려대면서 놀리곤 했다.

"약혼녀다! 약혼녀야!"

사라또프[9]에 있는 싸샤로부터 편지가 왔다. 경쾌하고 춤추는 듯한 글씨체로 볼가 여행이 아주 성공적이었다고 써 놓았으나, 한편으로는 사라또프에서 가벼운 병에 걸리는 바람에 목소리가 나오지 않게 되었고 이미 2주간 병원에 입원해 있다는 말도 적혀 있었다. 나쟈는 이런 상태가 무엇을 뜻하는지 이해했고 확신에 가까운 예감에 사로잡혔다. 하지만 이러한 예감을 가지고 싸샤에 대해 이런저런 생각을 해도 예전과는 달리 걱정스러움이 솟구치지는 않았다. 그녀는 자신이 이러한 마음 상태에 있다는 사실에 대해 스스로 미안한 마음이 들었다. 하지만 이제 그녀에게 중요한 것은 삶을 제대로 살아보겠다는 강렬한 욕구와 뻬쩨르부르그로 떠나고 싶다는 욕구였으며, 싸샤와 가깝게 지냈던 추억들은 사랑스럽기는 하지만 이미 멀고도 먼 과거의 일로만 느껴졌다!

밤새 잠을 못 이룬 그녀는 아침에 창가에 앉아 밖에서 들려오는 소리에 귀를 기울이고 있었다. 아래층

---

9) 볼가 강 중류의 왼편에 인접한 도시 이름.

에 있는 사람들의 목소리가 들려왔는데, 할머니는 불안해하는 목소리로 무언가에 대해 급히 물어보고 있었다. 뒤이어 누군가의 울음소리가 들렸다…. 나쟈가 아래층으로 내려와 보니 할머니는 눈물에 젖은 얼굴로 구석에 서서 기도를 드리고 있었다. 탁자 위에는 전보 한 장이 놓여 있었다.

나쟈는 할머니의 울음소리를 들으며 오랫동안 아래층 마루를 서성이다가 결국 전보를 집어 들고 읽어 보았다. 어제 아침 사라또프에서 알렉산드르 찌모페이치, 다시 말해 싸샤가 폐결핵으로 사망했음을 알리는 전보였다.

할머니와 어머니는 싸샤의 추도식을 부탁하기 위해 교회로 갔고, 나쟈는 집에 남아 오랫동안 이 방 저 방 돌아다니며 생각에 잠겼다. 그녀는 자신의 삶이 싸샤가 바랬던 것처럼 뒤집혀버렸음을 똑똑히 깨달았다. 자신은 이곳에서 외로운 이방인이자 불필요한 존재이며, 마찬가지로 이곳의 모든 것도 자신에게 필요하지 않고, 이전의 모든 것은 자신에게서 떨어져 나간 후 불타버린 듯 사라졌음을, 남아 있던 재까지도 바람

에 흩어져 날아가 버렸음을 그녀는 똑똑히 깨달은 것
이다.

그녀는 싸샤의 방으로 들어가 잠시 선 채로 생각
했다.

'잘 가요, 사랑스러운 싸샤!'

그러자 그녀 앞에 새롭고 드넓으며 속박 없이 광활
한 삶이 그려졌다. 아직 불분명하지만 신비로움으로
가득 찬 그 삶은 그녀의 마음을 사로잡으며 손짓하며
부르고 있었다.

그녀는 짐을 꾸리러 위층으로 올라갔다. 다음 날 아
침 그녀는 가족과 작별 인사를 나눈 후 생동감이 넘
치는 모습으로 도시를 떠났다. 이제는 영원히 떠나는
것이라고 생각하면서.

\<체홉의 삶과 문학세계\>

　안똔 빠블로비치 체홉은 1860년 1월 29일(당시의 달력 체계로는 1월 17일) 러시아 남서부 아조프 해 연안의 항구 도시 따간로그에서 아버지 빠벨 예고로비치 체홉과 어머니 예브게니야 야꼬블레브나 모로조바 사이의 5남 1녀 중 3남으로 태어났다(체홉의 위로는 형 둘, 아래로는 남동생 둘과 여동생 하나가 있음). 할아버지는 원래 농노였으나 근면한 노동으로 재산을 축적해 1841년에 자신과 가족의 몸값을 치르고 자유인 신분이 되었으며, 아버지는 1857년에 따간로그에 식료품 가게를 열었다. 신앙심이 깊었으며 동시에 매우 전제적인이었던 아버지는 자식들이 새벽 5시부터 시행되는 교회의 성가 연습에 반드시 참석한 후에야 학교를 가도록 허락하였으며, 그 후에는 생계유지를 위해 가게 일을 하고 틈틈이 각자가 수공업 기술도 익히도록 만들었다. 한편, 남편과 자식들에게 헌신적이고 자상했던 어머니는 틈나는 대로 연극을 관람하는 연극애호가이기도 했는데, 이러한 어머니의 성품은 자식들의 성격 형성에도 큰 영향을 미쳤다.

어려운 환경에서 학교(8년제의 김나지야. 쉴 틈 없는 교회 생활과 가게 일의 부담으로 인한 성적 부진으로 중간에 두 번의 유급을 겪었기에 10년 만에 졸업함)를 다니던 체홉은 재학 중에 일찌감치 연극에 큰 관심을 보였으며, 다양한 문학 작품과 스스로의 습작을 통해 문학적 재능을 드러내기도 했다. 이를 지켜본 한 교사로부터 선사받은 '체혼쩨(Чехонте)'라는 필명은 훗날 그가 사용했던 수십 가지 필명 중의 하나가 되었다. 식료품상 사업의 부진으로 아버지가 파산한 후 빚에 쫓긴 가족 모두가 도망가다시피 모스크바로 피신하자(1876년), 따간로그에 홀로 남겨진 체홉은 가정교사 일을 하며 생계를 유지했고, 동시에 모스크바에서 빈민가를 전전하며 극도의 궁핍에 시달리고 있던 가족을 위해 돈을 부쳐주기도 했다.

1879년 6월, 김나지야를 졸업한 체홉은 9월에 모스크바 대학교 의학부에 입학하였으며, 가족 모두의 생계를 위해 그해 말부터 모스크바와 뻬쩨르부르그의 여러 잡지에 다양한 필명을 사용하면서 짧은 유머 단편과 촌평 등을 기고하기 시작했다. 체홉 자신의 표현을 빌자면 2~3일에 1편씩 "마치 찍어내듯이 쓴" 이러한 단편 소품들은 그가 희곡과 중편 소설에도 본격적으로 손을 대기 시작한 1887년 이전까지 300여 편에 달했다. 그러나 이렇듯 단시간에 완성해 내었음에도 불구하고 이 단편들 중 상당수에는 일정 수준 이상의 작품성이 존재했으며, 중편과 장편들이 문단을 지배하고 있던 당시의 상황에서는 일상생활에서 포착한 소재들의 다양함과 기발함이라는 측면에서 독자들에게 신선한 충격을 주었다. 이 시기의 작품들로서 이 번역서에 수록된 「뚱뚱이와 홀쭉이」, 「카멜레온」은 이렇듯 삶의 여러 순간에서 나타나는 인간의 속물성을 웃음이라는 방식과 절묘하게 결합시키는 체홉의 능력을 잘 보여준다. 또한 「아뉴따」, 「약사의 아내」, 「불행」은 당시의 러시아 사회에서 여성들이 겪을 수밖에 없는 고독과 자아실현 욕구를 섬세하게 포착하여 묘사하고 있다. 단편 작가로서의 이러한 능력이 점차 주목을 받으면서 각종 잡지들 역시 점차 그의 단편들을 게재하는 데 주저하지 않게 되었기에 1885년경 그는 이미 러시아 독서계에서 일정한 위치를 확보하게 되었다.

당시 상당한 영향력을 발휘하던 보수적 일간지 ≪신(新)시대≫의 발행인 알렉세이 수보린은 1885년 체홉과 처음 만나면서부터 그에게 우호적인 태도를 보였고 이후 지속적으로 그의 후원자가 되었다. 그는 체홉이 좋은 작품들을 계속 쓸 수 있도록 후한 원고료를 지불하는 한편으로 집필 기간과 분량에 상관치 말고 창작을 해나가라는 격려를 해 주었다. 이에 고무된 체홉은 1886년 2월부터 드디어 '안똔 체홉'이라는 본명을 사용하여 ≪신시대≫에 5편의 단편들을 연속하여 발표하였으며 이로 인해 그의 명성은 한층 높아지게 되었다. 이 무렵 맏형 알렉산드르에게 보낸 편지(5월 23일)에서 "나는 ≪신시대≫

에 실린 5편으로 뻬쩨르부르그에 흥분을 일으켰고 나 역시 정신을 잃을 지경이었어!"라고 쓴 것을 보면 자신의 단편들에 대한 당시 체홉의 자신감이 어느 정도에까지 이르렀는지를 알 수 있다.

그러나 단편에 대한 체홉의 이러한 자신감이 마냥 안정적으로 유지된 것은 아니었다. 수보린과 거의 같은 시기에 체홉과 알게 된 문단의 원로 드미뜨리 그리고로비치는 체홉의 재능을 아끼면서도 그 재능을 좀 더 원숙하고 중량감 있는 작품에 사용하도록 충고하는 편지를 1886년 3월에 보내왔다. 그 편지에서 그리고로비치는 "나는 당신에게 몇 개의 뛰어나고 정말 예술적인 작품들을 써야 할 소명이 부여되어 있다고 확신하오. … 당신이 받은 인상들을 단숨에 쓰는 작품이 아니라 좀 더 심사숙고하고 잘 가다듬어진 작품을 쓰기 위해 아끼시오. 그렇게 써진 작품 하나가 여러 잡지에 뿌려진 당신의 아름다운 단편들보다 백배는 더 높게 평가받을 것이오."라고 충고했다. 그리고로비치뿐만이 아니라 문단의 다른 몇몇 인사들도 이와 유사한 충고를 하였기에 체홉은 이 무렵부터 단편 기고수를 점차 줄여갔으며, 단편을 쓰더라도 길이가 늘어나고 내용 또한 진지해지는 경향을 보이기 시작했다. 또한 한편으로는 중편 길이의 작품과 희곡 창작으로도 영역을 넓혀 갔다. 1887년 러시아 남부 지방을 거쳐 고향 따간로그로 향한 여행의 인상기를 문학화한 중편 「초원」(1888년)과 삶의 목표에 대한 고민을 담은 중편 「지루한 이야기」(1889년)가 문단의 주목을 받은 것 역시 이러한 변모와 관련된다.

그의 단편에 사상이나 이념이 결여되어 있다는 점을 들어 비판적 태도를 보인 일련의 비평가들의 견해와, 도스토예프스키(1821~1881)와 뚜르게네프(1818~1883)가 사망한 상태에서 사회에 지도적 이념을 제시할 수 있는 진지한 작품이 나와야 한다는 당시 문단의 분위기도 체홉에게 어느 정도 영향을 미쳤다. 1880년경 소위 '개심(改心)'을 통해 자신의 이전 작품들의 가치를 모두 부정하고, 그 후 자신의 문학을 도덕적인 설교로 변모시킨 톨스토이의 태도 또한 체홉에게 영향을 미쳤다. 체홉은 대략 1884년경부터 톨스토이의 작품들에 진지한 관심을 가진 바 있는데, 그리고로비치의 충고를 받은 1886년경부터 1890년 사할린으로의 여행을 떠나기 전까지 톨스토이의 문학적 태도와 자신의 작품 경향을 비교하며 일정한 내적 갈등을 겪었다.

하지만 문단의 분위기와 내적 갈등이 그로 하여금 자신의 단편들의 가치를 부정하는 쪽으로 이어지게 만든 것은 아니었다. 어느 정도 고민의 기간을 거친 후인 1889년 1월 30일에 수보린에게 보낸 편지에서 그는 "내겐 개인의 자유가 필수적입니다. 그런데 최근에 그게 다시 끓어오르기 시작했습니다."라고 쓰고 있다. 또한 같은 해 4월 11일, 맏형 알렉산드르에게 보낸 편지에서는 "간결함은 재능의 누이야(Краткость - сестра таланта)."라고 쓰면서 간결함을 통해 주제를 전달하는 방식의 중요성을 강조하고 있다. 한편으로 그는 자신의 내적 갈등을 해소해 줄 수 있는 방법으로 러시아의 현실을 직접 목도하고 그것에서 삶의 진실을 체득해 보고자 시베리아와 사할린 여행을 결심한다.

1890년 4월에 출발해 12월에 모스크바로 귀환한 장기간의 여행에서 그는 석 달간 사할린에 체류하면서 그곳에 유배된 죄수들과 지역 주민들의 삶의 모습을 상세히 기록한다. 이 여행을 통해 그가 최종적으로 결론내린 것은 인간은 실로 다양한 상황에 처해 살아가고 있으며, 그 상황들에서 파생되는 고통을 해결할 수 있는 특정 사상이나 이념은 존재하지 않는다는 것이었다. 내적 갈등이 종식된 당시를 회상하며 체홉은 훗날 수보린에게 이렇게 쓰고 있다. "톨스토이의 윤리학은 더 이상 나를 감동시키지 못하게 되었습니다. … 나는 6~7년간 그것에 사로잡혀 있기도 했고 그의 표현 방식과 분별력으로부터 영향을 받기도 했습니다. 하지만 지금은 이미 나의 내부에서 무언가가 그것을 반대하고 있습니다. 세심하고도 정당한 판단을 거쳐, 나는 인간에 대한 사랑이 순결이나 육식(肉食)의 절제라는 관념 속에 표현될 여지는 별로 없다는 것을 깨닫게 되었습니다."(1894년 4월 9일 편지)

그러나 체홉이 톨스토이의 영향권에서 벗어났다고 하여 그것이 곧 톨스토이 문학에 대한 직접적인 비난으로 나타나지는 않았다. 후일 체홉은 톨스토이에 대해 "내가 존경한 유일한 작가"라고 표현한 바 있는데,

결국 최종적으로는 톨스토이의 창작 경향을 자신의 것으로 받아들이지 않았음에도 불구하고 그와 우호적 관계를 유지하며 언제나 겸허한 태도로 충고와 비판을 경청했다. 이러한 자세는 체홉이 그만큼 폭넓은 인성을 갖춘 사람이었다는 점을 말해 준다.

한편 사할린 여행은 체홉으로서는 의학에 대한 일종의 부채 의식을 갚는 것이기도 했다. 그는 1884년 대학 졸업 후 두 곳의 지방 병원에서 잠시 근무하다가 자신의 집에서 개업까지 하여 열성적으로 진료에 임하였다. 하지만 1880년대 초부터 이미 엄청난 수의 단편을 발표해 오던 상황에서 의료 업무 병행에 부담을 느꼈기에 결국 1887년에는 부득이하게 집에서 의사 간판을 내리게 되었다. 그럼에도 불구하고 1898년 건강이 악화되어 얄타로 이주하기 전까지는 개인적인 친분으로 찾아오거나 소문을 듣고 찾아오는 환자들을 진료하는 일을 계속했고, 1891~1892년의 대기근 때도 헌신적으로 의료봉사에 나섰다. 또한 의학과 러시아의 의료 상황 전반에 대한 관심도 계속 유지해 갔기에, 사할린 여행의 목적 중 하나 역시 사할린의 의료 상태를 알기 위한 것이었다.

후일 그가 "의학을 공부한 것은 나의 문학에 큰 영향을 주었다. … 의학 지식이 작가로서의 나에게 얼마나 소중한 것이었는지는 의사가 아닌 사람들은 알 수 없을 것이다. … 나는 가능한 과학적인 태도로 글을 쓸 수 있도록 애썼고, 그게 불가능할 경우에는 아예 붓을 들지 않았다."라고 술회한 것에서 드러나듯이 의학은 그의 본업이 아니게 되었으면서도 작품 세계에 큰 영향을 미쳤다. 그의 작품들 중 다수에 다양한 의사들의 모습과 각종 질병에 대한 해박한 묘사가 나타나는 것 역시 이와 관련이 있다. 수보린에게 보낸 편지(1888년 9월 11일)에서 그는 "의학은 나의 법적인 아내이고, 문학은 정부(情婦)입니다. … 이건 혼잡한 삶이기는 해도, 대신 이 덕분에 심심할 일은 별로 없게 되지요."라고 재치 있게 표현하고 있는데, 이것은 그가 문학 창작을 애호하면서도 의학에 대한 끈 역시 놓지 않고 있었음을 말해 주는 유명한 구절이다.

하지만 역설적이게도 의사로서의 그는 자신의 질병은 제대로 다루어 내지 못했다. 그는 대학을 졸업하던 1884년 12월에 스물네 살이란 젊은 나이에 각혈을 동반한 폐결핵 증세를 처음 느꼈고 이후로도 몇 년에 한 번씩, 그리고 생애 말기로 가면서는 수시로 심각한 각혈을 하였다. 하지만 자신에 대해 드러내기 좋아하지 않았던 성격의 그는 자신의 병이 무엇인지 짐작하고 있었음에도 불구하고 10여 년 동안이나 남들에게 병에 대해 언급하지 않았고, 병세가 눈에 뚜렷해진 1894년이 되어서야 남들에게 떠밀리다시피 병원에 가게 되었다.

자신 역시 건강 악화를 감지하고 있던 상황에서 그의 마음 한편에서는 오래 전부터 가졌던 꿈, 즉 자신의 고향인 따간로그를 연상시키는 조용한 곳에서 창작을 계속하고 싶다는 욕망이 강해졌다. 이 꿈을 실현하기 위해 그는 모스크바로부터 약간 떨어진 멜리호보 마을에 영지를 구입하여 1892년에 가족과 함께 그곳으로 이주하였으며, 1898년에 건강이 더욱 나빠져 얄타로 재이주하기 전까지 그곳에서 의욕적인 창작 활동을 펼쳤다. 이 기간 동안 그가 쓴 단편과 중편들 속에는 이전과는 다르게 인간의 내면세계를 좀 더 깊

숙이 표현하려는 태도가 두드러지기 시작했다. 「6호
병실」(1892년), 「대학생」(1894년), 「3년」(1895년) 등의
작품은 이 시기의 대표작들로서, 특정 이념을 추구하
지 않으면서도 있는 그대로의 삶을 인간 영혼의 문제
와 결합시킨 수작들이다. 사할린 섬에서의 체류 기록
을 여행기로 형상화한 「사할린 섬」(1893~1894년 연재)
역시 문단과 독자들에게 큰 반향을 불러일으켰다. 그
는 멜리호보를 찾아오는 예술계의 많은 친우들과 만
남을 가졌으며, 멜리호보와 주변의 지역 사회를 발전
시키기 위한 의욕적인 활동도 다양하게 펼쳤다.

한편 그의 꾸준한 관심대상이던 당대 러시아 여성
들의 삶의 애환과 자아실현의 문제는 이 시기의 작품
인 「목 위의 안나」(1895)와 「약혼녀」(1903)에서는 사뭇
다른 방향으로 표현됐다. 자신의 불우한 환경을 극복
하기 위해 어쩔 수 없이 돈 많고 나이든 관리와 결혼
하지만, 그의 무시를 이겨낸 후 결국은 자신의 미모와
인기를 배경으로 그를 지배하는 위치에 오른다는 「목
위의 안나」는 여성의 자아실현이라는 문제를 역설적
으로 표현하고 있다. 체홉의 마지막 단편 소설인 「약

혼녀」에서는 결혼과 남편에 의해 삶에 억매일 수밖에 없는 상황을 증오하며 미리 탈출하려는 주인공 나샤의 모습이 돋보인다. 이 작품은 창작 후기로 가면서 자신의 사회의식을 더욱 과감하게 표현하려 했던 체홉의 태도가 여성 해방이라는 주제의 측면에서 극대화된 작품이라고 할 수 있다.

체홉의 희곡 창작 경력은 따간로그 시절에 습작으로 쓴 「아버지가 없는 삶」(1878년)을 제외한다면 1884년에 발표된 단막극 「큰 길에서」로부터 시작되었다. 그 후 비록 성공은 거두지 못했지만 4막 희곡 「이바노프」를 1887년 모스크바의 한 극장에서 무대에 올림으로써 후일 세계적인 명성을 얻은 희곡 작가로서의 길도 본격적으로 열렸다. 이후 1896년 이전까지 그가 창작한 8편의 희곡들은 성공과 실패를 왔다 갔다 하는 과정을 겪었으나, 그를 절망시켰으면서도 동시에 희곡 작가로서 한 단계 도약하는 계기를 만들어 준 것은 6개월에 걸쳐 쓴 후 1896년에 뻬제르부르그에서 첫 공연한 4막 희곡 「갈매기」였다. 야심작이었던 이 작품에 대한 관객들의 극히 냉담한 반응은 그렇잖아도 부실

했던 그의 건강 상태를 한층 악화시킬 만큼 충격적이었다. 하지만 당시 모스크바 예술 극장의 공동 설립자이자 연출가이기도 했던 블라지미르 네미로비치-단첸꼬는 충격을 받아 다시는 희곡에 손을 대지 않겠다고 선언한 체홉을 꾸준히 설득했고, 마침내 1898년 12월 동료 연출가 스따니슬랍스끼와의 공동 작업을 통한 새로운 연출로 이 작품을 대단히 성공적인 공연으로 이끌어냈다. 이후 몇 년간 이 극장에서 공연된 「바냐 아저씨」, 「세 자매」, 「벚꽃 동산」의 성공으로 체홉은 이제 단편 작가뿐만 아니라 희곡 작가로서도 확고한 명성을 누리게 되었으며, 아울러 이 4편의 작품은 소위 그의 '4대 희곡'으로 불리게 되었다.

체홉 생애의 마지막 6년(1898~1904년)은 4대 희곡이 대성공을 거두는 한편, 그 자신은 계속되는 건강 악화로 인해 죽음을 향한 발걸음을 하나씩 딛고 있던 시기였다. 이 기간 동안 쓴 소(小)삼부작(「상자 속의 인간」, 「구스베리」, 「사랑에 대하여」)(1898년), 「개를 데리고 다니는 여인」(1899년), 「골짜기에서」(1900년) 등의 단편과 중편에서 체홉은 인생의 의미는 무엇이며 어떻게 살아야 하는가에 대한 진지한 질문을 던지고 있다. 죽음에 대한 의식은 이제 삶을 관찰하는 것에만 머물지 않고 삶의 본질을 말하고 싶은 욕구로 그를 이끌었던 것이다.

하지만 그는 이러한 질문에 대한 자신의 답을 독자에게 제시하여 강요하지 않고 독자로 하여금 스스로 생각하게 만들 뿐이었다. 4대 희곡들 역시 비극적 상황에 처한 인간 군상의 모습을 그릴지언정 그것으로부터 벗어날 해결책을 제시해 주지는 않았다. 4대 희곡은 '사람들 사이의 상호 이해 부족과 그에 따른 소통 불가능'이 인간 사회를 우울하게 만드는 주요 원인이며 인간은 거기에서 헤어 나오지 못함으로써 스스로 자신의 삶을 비극적으로 만들고 있다는 점을 말하고 있다.

이로 인해 초기부터 체홉의 작품들에 대해 부정적인 시각을 견지해오던 일단의 비평가들은 체홉이 인간 삶의 미래를 제시하지 않은 채 끝까지 비극적인 전망만을 그린다고 비판했다. 지금도 그의 작품 세계에 따라붙는 '황혼의 시인', '절망의 시인', '허무의 작가',

'주의나 주장이 없는 작가' 등등의 비판적 표현은 희곡 작품들이 발표되면서 더욱 강한 색채를 띠었다.

그럼에도 불구하고 단편, 중편, 희곡을 망라한 체홉의 500여 편 작품들은 등장인물들을 선과 악의 어느 한 쪽으로 미리 구분하지 않은 상태에서, 그들의 삶이 다양한 현실 속에서 어떠한 경로를 밟아가게 되는지를 냉철하게 분석하는 장점을 가지고 있다. 이러한 냉철함은 그에 대해 미래의 전망을 제시하지 않는 우울하고 염세적인 작가라는 평가를 내리게도 만들지만, 한편으로는 누구도 흉내 낼 수 없는 그만의 작품 세계를 가리키기도 한다. 체홉은 세상을 자신이 미리 그려 둔 흑과 백의 모습 속에 형상화하지 않았다. 그것이 그가 생각했던 세상에 대한 가장 진실한 접근이었기 때문이다. 체홉 생애의 말년에 그와 특히 친밀한 관계를 유지했던 이반 부닌은 체홉이 했던 말을 이렇게 기록하고 있다. "비평가들이 그러던데, 내가 음울한 사람이라는 게 무슨 말이오? 내가 차가운 피를 가진 사람이라는 건 또 무슨 말이오? 그리고 내가 어떻게 염세주의자입니까? 염세주의자라는 단어는 그 자체가 혐오스럽소."

　체홉은 대성공을 거둔 1898년 「갈매기」의 리허설 현
장에서 여배우 올가 크니페르를 처음 만나 그녀의 뛰어
난 연기력에 감탄하였으며 이들 간에는 그 후로 많은
편지 교환과 상호 방문이 이루어졌다. 이들은 3년 후인
1901년 6월에 결혼식을 올렸으며 체홉의 죽음의 순간
도 함께 했다. 최후의 순간이 다가오면서 체홉은 독일
의 바덴바일러로 아내와 함께 요양을 떠나지만, 결핵으
로 인해 이미 2년 전부터 폐기종까지 발생한 상태에서
회복은 불가능했다. 7월 15일 새벽 1시경 최후의 순간
이 다가옴을 느낀 체홉은 스스로 의사를 청했다. 예전
에 한 번도 하지 않았던 행동을 한 것이다. 러시아어를
못 하는 독일인 의사가 오자 그는 독일어로 'Ich sterbe.
(내가 죽으려나보오.)'라고 말한 후 아내에게 샴페인 한
잔을 청했다. 샴페인을 깨끗이 비운 그는 편안하게 죽
음을 맞이했다. 현대 단편 소설의 선구자였던 체홉은
이렇게 44년간의 짧은 생을 마감한 것이다.

<개별 작품 해설>

• 뚱뚱이와 홀쭉이 (Толстый и тонкий, 1883)

학창 시절 이후 실로 수십 년 만에 우연히 재회한
두 친구 간에 벌어지는 상황을 그린 이 작품은 짧은
분량 속에서도 당대 러시아의 관료제 사회가 관등이
라는 체제에 의해 얼마나 고착화되었으며 또한 그 속
에서 사람들 간의 인간적 소통은 얼마나 단절되어 있
는지를 우스꽝스러운 설정과 대화를 통해 여실히 보
여주고 있다. '뚱뚱이'와 '홀쭉이'라는 외적 캐릭터 설
정은 독자들에게 이 점을 피부에 와 닿도록 느끼게
해 주는 보조적인 장치다. 학창 시절을 상기하며 허물

없고 정답게 대하던 홀쭉이는 뚱뚱이가 자신보다 훨씬 더 높은 직위에 있다는 사실을 알게 된 후 아연실색하며 태도를 급변하는데, 이후 뚱뚱이에게 그가 보이는 극도의 비굴한 태도는 독자들의 실소를 자아낸다. 여기서 또한 주목할 점은, 비굴하게 굴었던 자신의 모습을 헤어지는 순간까지도 자각하지 못하는 홀쭉이의 태도와, 그러한 태도에 불쾌감을 느꼈다는 이유만으로 쌀쌀맞게 작별을 고하는 뚱뚱이의 태도이다. 즉 이 둘의 관계에서 나타나는 비인간적인 측면은 둘 중 누가 더 많다고 말하기는 곤란할 정도로 비슷하게 존재하고 있는 것이다. 아직은 창작 경력 초기에 집필된 이 작품에서, 체홉은 다양한 상황에서 파생되는 인간관계의 단절 요인은 선과 악의 이분법적 잣대를 기준으로 절대적인 방식으로 판단할 수는 없다는 점을 말하고 있다.

• 카멜레온 (Хамелеон, 1884)

경찰서장인 오추멜로프는 자신의 관리 구역 내 주

민인 흐류낀이 개에 물린 상황을 보고 이 문제를 어떻게 처리해야 할지 잠시의 고민에 빠진다. 그를 곤란하게 만든 것은 이 개의 주인이 누구인지와 관련된 것이었는데, 만일 그 개가 이 지역 최고위층인 쥐갈로프 장군의 것이라면 잘못은 개에 물린 흐류낀에게 전가해 버리고, 그렇지 않고 주인 없는 떠돌이 개라면 즉시 죽이는 것으로 끝맺음해야 했기 때문이다. 이 과정에서 오추멜로프는 여러 번 결정을 번복하는데, 이는 면밀한 조사에 근거한 것이 아니라 군중과 측근의 확실하지 않은 말에 따른 것이었다. 무엇보다 중요한 것은 이 모든 결정 번복이 오추멜로프의 무사안일한 업무 처리 태도, 그리고 혹시라도 고위층 장군의 심기를 상하게 할 경우 자신에게 돌아올 피해를 염려하는 그의 속물적 판단에서 비롯되었다는 점이다. 고위층 장군의 개가 아닌 것으로 판단된 후 오추멜로프는 실제의 개 주인을 엄벌하고 흐류낀을 위로하는 듯한 태도를 보이지만, 다시 상황이 바뀌어 그것이 장군 형님의 개로 판명되자 또다시 태도를 급변해 흐류낀에 대한 처벌을 운운하고 반대로 장군의 형에게는 안부를 전해 달라는 우스꽝스러운 모습을 보인다. 자기 보신 (保身)에 급급해 실로 카멜레온과 다를 바 없을 정도로 이렇듯 여러 번 변덕을 부리는 것은 당대 러시아 관료들의 천박한 행태에 대해 체홉이 느꼈던 혐오감을 희화하여 표현한 것이다.

• 아뉴따 (Анюта, 1886)

의과대학 3학년생인 끌로치꼬프의 방에서 동거인으로 기거하며 그가 시키는 온갖 일들을 불평 없이 수행하는 아뉴따는 끌로치꼬프의 노예와 마찬가지인 자신의 처지를 묵묵히 받아들인다. 특별한 지식이나 기술이라곤 전혀 없는 그녀는 입에 풀칠이라도 하기 위해 이렇듯 극히 굴종적인 동거인으로서의 삶에 머물 수밖에 없다. 그녀는 끌로치꼬프의 해부학 표본 모델 역할까지 하는데, 자신의 늑골을 헤아리는 그의 행동을 상의를 벗은 채 추위를 참아내면서까지 받아들인다. 그녀의 모습이 안타까운 것은 그때까지 6~7년간 끌로치꼬프와 마찬가지로 그녀를 노예처럼 여기는 남자들을 다섯 명이나 거쳐 왔다는 점이며 또한 그들 모두는 자신들의 목표와 이익이 달성된 이후에는 미련 없이 그녀를 버리고 떠나갔다는 점이다. 끌로치꼬프의 생활비를 마련하기 위해 바느질 부업까지 해야 하는 그녀는 이용가치가 없어지면 자신도 당장에 그로부터 버려질 것이라는 점, 그렇게 되면 자신은 또 어디선가 이렇듯 굴욕적인 삶을 이어나가야 한다는 점을 체험적으로 알고 있다. 마침내 그러한 순간이와서 끌로치꼬프가 이별을 고하자 아뉴따는 눈물을 삼키며 떠날 차비를 마치지만, 그가 발휘한 최소한도의 자비로 조금 더 머물 수 있게 되자 그것만으로도 감지덕지하며 다시 바느질감에 손을 댄다. 이러한 일련의 상황들을 통해 체홉은 당대 러시아에서 불우한 환경에 처한 여성들이 어느 정도의 나락에 빠져있었는지, 또한 그들에게 자아실현이라는 목표는 얼마나 요원한 것이었는지를 적나라하게 표현하고 있다.

- **약사의 아내** (Аптекарша, 1886)

약사를 남편으로 두고 있는 이 작품의 여주인공은 후미진 시골 읍의 약국에 틀어박힌 채 매일처럼 반복되고, 손님이라고는 별로 찾지도 않는 약 파는 일에 질려있다. 남편은 그녀를 인격체로서의 아내가 아니라 기계적으로 약을 파는 조수로만 취급하여 무시하는데, 이러한 태도는 그녀의 박탈감을 가중시킨다. 따라서 그녀가 가지게 된 것은 이러한 숨 막히는 환경에서 벗어나 조금이라도 자신의 삶의 가치와 목표를 찾고 싶다는 원초적인 욕구이다. 그렇기에 한밤중에 뜻밖의 불청객처럼 찾아와 지분덕거리는 군의관과 장교와 주고받는 시답잖은 농담조차도 그녀에게는 이러한 환경에 숨통을 틔게 해 주는 일종의 오아시스처럼 재미를 선사한다. 따라서 잠시나마 삶의 활력소가 되었던 그들이 약국을 나선 후 혹시 되돌아오지 않을까 하는 기대감을 가지고 지켜보는 그녀의 처연한 모습은 남편에게 종속되지 않는 여자로서의, 보다 본질적으로는 한 인격체로서의 삶을 그녀가 얼마나

갈구하는지를 역설적으로 알게 해 준다. 앞서 「아뉴따」의 여주인공 아뉴따가 삶의 발전적 가능성에 대해 완전히 포기한 무기력한 모습 때문에 독자들의 동정심을 자아냈다면, 이 작품에서 약사의 아내는 그 최소한의 가능성을 버리지 못하고 괴로워하기 때문에 안타까움을 자아내는 것이다.

• 불행 (Несчастье, 1886)

공증인 남편을 둔 소피야 뻬뜨로브나는 화려하지는 않지만 그래도 남부럽지 않은 삶을 살아가는 여성이다. 그러한 그녀의 삶을 흔들어놓은 것은 몇 년 동안 친구 관계로 지내던 변호사 일리인이 최근 몇 달 동안 적극적으로 구애하며 자신과 함께 떠나자고 끈질기게 요청한다는 사실이다. 소피야 뻬뜨로브나는 입버릇처럼 남편과 딸에 대한 애정과 가정의 가치를 일리인에게 설명하며 그의 구애와 유혹을 물리치려 노력하는 듯한 모습을 보이지만, 도덕과 윤리를 내세우는 그녀의 마음 한 구석에는 일리인과 함께 이 삶으로부터 탈출하고 싶다는 욕구가 잠재되어 있다. 가정에 대한 그녀의 애착은 실상은 견고하지 않기에 일리인의 집요한 구애에 경계가 점차 허물어진다. 그녀는 자신이 받아왔던 교육과 윤리 의식이 마음속의 욕망과 충돌함을 스스로 느끼면서 더욱 갈등하게 되지만, 자신을 든든하게 잡아주기를 원했던 남편이 심드렁한 태도를 보이자 결국은 새로운 삶으로의 탈출을 택하게 된다. 작품 종반부에 서술되어 있듯이 그녀를 잡아 끈 것은 '자신의 감정도 아니고 일리인의 인성도 아니었으며, 새로운 삶의 감각'이었다. 새로운 삶의 감각이란, 자신을 윤리, 도덕, 가정이라는 틀에 가두고 자신의 삶 자체의 가치에 대해서는 생각하지 못하게 만들었던 인식의 틀로부터 벗어나고자 하는 욕구였다. 여자로서의 정숙함을 신조로 여겼던 그녀는 자신의 집에서 열린 파티에서 술에 취한 채 평소에 보이지 않던 교태와 웃음을 사람들에게 흘리는데, 이것은 기존의 삶으로부터 탈출하고자 하는 그녀의 욕구가 비(非)일상적인 방식으로 터져 나오는 모습이다. 작품 말미에서 그녀는 자신에 대해 '부도덕한 년', '추잡한 년'이라고 자책

하며 집을 떠나지만, 체홉은 이것이 그녀가 일리인과 함께 도망을 가는 것인지, 아니면 자신만의 새로운 삶의 세계로 탈출하는 것인지를 명확하게 쓰지 않고 일종의 열린 결말로 마감하고 있다. 이는 그녀가 집을 나가는 이유가 단순히 불륜의 유혹 때문만은 아니라는 점을 독자들에게 일깨우기 위한 서술이다. 일리인과의 관계로부터 시작해 자신의 기존 삶에 대해 회의하게 되고 그것으로부터 탈출하고자 몸부림쳤던 이 과정 전체는 기존의 사고방식과는 합치되지 않기에, 그녀는 이 과정을 고통과 불행의 모습으로 통과할 수밖에 없었던 것이다.

• 목 위의 안나 (Анна на шее, 1895)

인간의 소외 현상을 당대 러시아 여성들의 모습을 통해서도 표현하려고 했던 체홉의 노력은 창작 초기와 중기를 지나서도 꾸준히 유지되었다. 하지만 사회현상들에 대해 조금 더 진지하고 세밀하게 표현하고자 한 1890년대부터의 작품들에서는 초기나 중기와는 다소 다른 소재 발굴과 주제 의식이 나타나게 된다. 이 작품은, 안나 2급 훈장은 정상적인 공적으로 목에 걸리면 영광이 되지만, 한편으로는 '안나'라는 인물이 타인의 목을 억누르듯 완전히 그 타인에게 생계를 의존한다는 유머러스한 2중 언어 구조를 이용한 기발한 작품이다. 능력 없는 주정꾼 아버지를 둔 선량한 아가씨 아냐(=안나)는 자신의 불우한 환경을 극복하기 위해 어쩔 수 없이 돈 많고 나이 든 관리 모제스트 알렉세이치와 결혼하여 그의 무시와 학대를 이겨내는 생활을 하게 된다. 하지만 그녀는 점차 자신의 미모와 화술을 무기로 삼으면 사교계의 인기인이 될 수 있다는 사실을 깨닫게 되고, 실제로 이를 이용해 사교계의 총아가 됨으로써 예전과는 반대로 남편을 지배하는 위치가 된다. 때마침 남편이 안나 2급 훈장을 받자 이제 그녀는 남편에게 기식(寄食)하는 예전의 안나가 아닌 남편을 돋보이게 하는 새로운 안나로서 빛을 발하게 된다. 이러한 내용 전개는 여성의 적극적 자아실현이라는 측면에서는 분명히 독특하고도 새롭다. 하지만 사회에서의 위상이 급상승한 부작용으로 그녀는 예전에 자신이 가장 소중하게 여겼던 원래의 가족을 소홀히 여기며 그들과 멀어지게 된다. 체홉은 안나의 모습이 변해가는 이러한 일련의 상황을 특정한 윤리적 잣대를 들이대지 않고 담담하게 그리고 있다. 따라서 이것을 당대 러시아 여성들의 적극적인 자아실현이나 사회적 권력 획득의 모습으로 간주할 것인지, 아니면 그 과정에서 원래의 인성을 잃어가는 실망스러운 모습으로 간주할 것인지는 다소 모호하다. 인간의 삶에 대해 선과 악의 이분법적 잣대를 통해 표현하는 것을 꺼렸던 체홉이었기에, 안나의 삶에 대한 판단은 독자들의 몫으로 남는다.

• 약혼녀 (Невеста, 1903)

이 작품은 체홉이 죽기 1년 전에 쓴 마지막 단편소설이다. 이 작품에서는 결혼과 남편으로 인해 전통적인 삶의 방식에 얽매일 수밖에 없을 상황을 증오하며 새로운 형태의 미래로 탈출하려는 주인공 나쟈의 모습이 확실하게 부각된다. 이것은 1903년 당시 러시아의 구태의연하면서도 후진적인 삶의 모습에 대한 염증과도 관련되어 있다. 기존 사회에서 형성된 의식의 틀로부터 과감히 벗어나기를 설득하는 싸샤의 말에 큰 영향을 받은 나샤는 자신과 연결되었던 예전의 삶 전체와 단절하고자 결심한다. 결혼을 불과 며칠 남겨 놓지 않은 약혼자 안드레이 안드레이치에 대한 생각을 완전히 끊은 것은 물론, 할머니와 어머니의 정이 살아 있는 고향 집까지 버리고 떠나는 그녀의 모습은 과감하고 대담하다. 더구나 작품 후반부에서는 예전에 자신에게 영감을 주었던 싸샤가 질병으로 인해 죽음의 길로 접어들었음에도 불구하고, 그에 대한 감정적 여운과 미련을 점차 지워나간다. 그녀에게는 과거와의 연결보다는 미래가 더 중요했기 때문이다. 새로운 삶을 지향해 나아가는 과정 중간에서 그녀는 한때의 향수를 극복하지 못해 고향 집으로 돌아오지만, 이 마지막 귀향은 오히려 그녀의 결심을 더욱 단단하게 만들어 준다. 고향 집과 할머니, 어머니에 대한 추억의 마지막 흔적까지도 과거의 것으로 치부하며 깨끗이 지운 채 새로운 삶을 지향해 기차역을 떠나가는 그녀의 모습은 지나칠 정도로 단호하기까지 하다. 이는 체홉이 그녀의 모습을 통해 여성 해방의 대단히 적극적인 모습을 표현하려고 했다는 점을 말해 준다. 이러한 모습은 창작 후기로 접어들며 자신의 사회의식을 갈수록 과감하게 표현하려 했던 체홉의 태도가 극대화된 것이라고 볼 수 있다. 자아실현을 위해 자신이 그때까지 인연을 맺어왔던 가족과의 애정에도 단연코 선을 긋는 나쟈의 태도는 새 시대의 도래를 알림과 동시에 당시의 러시아가 발전을 이루기 위해서는 고착화된 환경을 확실하게 뛰어넘어야 한다는 체홉의 생각을 여실히 드러낸 것이었다.

<안똔 빠블로비치 체홉>

Антон Павлович Чехов. (1860.1.29.~1904.7.15.[*])

1860년 · 1월 29일(당시의 달력으로는 1월 17일. 이하 편의상 현재
의 달력 기준으로 표기함). 러시아 남서부 아조프 해 연안
의 항구 도시 따간로그에서 아버지 빠벨 예고로비치 체홉
(Павел Егорович Чехов)과 어머니 예브게니야 야꼬블
레브나 모로조바(Евгения Яковлевна Морозова) 사
이의 5남 1녀 중 3남으로 태어남(체홉의 위로는 형 둘, 아
래로는 남동생 둘과 여동생 하나가 있음). 친할아버지 예고
르 미하일로비치는 원래 농노였으나 근면한 노동으로 재산
을 축적해 1841년에 자신과 가족의 몸값을 치르고 자유인
신분이 되었음. 아버지 빠벨 예고로비치는 1857년에 식료
품상을 연 후에 아들들은 모두 가게 일을 돕게 함. 신앙심
이 깊었으며 동시에 매우 전제적인이었던 아버지는 자식들
이 새벽 5시부터 시행되는 교회의 성가 연습에 참석하고
그다음에는 학교를 다녀온 후 생계유지를 위해 가게 일을
하고 여기에 더해 각자가 수공업 기술을 익히게 하는 등
가혹한 태도를 보임. 어머니는 자상한 성품에 남편과 자식
들에게 헌신적인 여성이었으며 연극에도 큰 관심을 가진
사람이었기에 이후 자식들의 성격 형성에 큰 영향을 미침.

---

[*] 연월일은 현재의 달력 기준으로 표기하였으며, 작품들은 공식 발
표 일자를 기준으로 함.

1867년	• 아버지의 주장으로 그리스 정교회 계열 부속학교에 입학하여 2년 동안 다님.
1869년	• 그리스 정교회 학교에 만족하지 못한 어머니의 주장으로 따간로그의 김나지야(Гимназия: 8년제로 교육하던 당시의 일반 중고등학교 과정)에 입학함(수학과 그리스어 과목 성적 부진으로 인해 중간에 두 번의 유급을 겪은 후 10년 만인 1879년에 졸업함).
	• 이후 성서 교리 교사 표도르 뽀끄롭스끼로부터 뿌쉬낀, 셰익스피어, 괴테 등의 문학에 관한 수업을 들으면서 러시아뿐 아니라 서양 고전 문학에 관심을 가지게 됨. 또한 그의 문학적 재능을 알아본 뽀끄롭스끼로부터 '체혼쩨(Чехонте)'라는 필명을 선사 받음.
1873년	• 따간로그의 극장에서 쟈크 오펜바흐의 「아름다운 옐레나(Прекрасная Еклена)」를 봄으로써 생애 처음으로 연극을 관람함. 이때부터 연극에 대한 강렬한 매력을 느끼면서 틈틈이 연극을 관람하기 시작함. 이때의 감흥을 회상하며 체홉은 "연극 관람만큼 큰 기쁨은 그 이전에는 전혀 없었다."라고 후일인 1898년에 술회함.
1875년	• 큰 형과 둘째 형이 진학을 위해 모스크바로 떠남.
1876년	• 5월. 아버지의 파산으로 인해 따간로그의 땅과 집, 가게까지 처분한 후에도 빚에 쫓긴 아버지가 먼저 모스크바로 피신함. 몇 달 후 어머니와 남은 가족도 모스크바로 감. 체홉 가족은 이후 3년여 동안 모스크바의 빈민가를 옮겨 다니며 극심한 생활고에 시달림.
	• 체홉만이 따간로그에 남아 생계유지를 위해 가정교사 일을 하며 학업을 계속함. 가게 일과 강요된 교회 생활로부터 놓여남으로써 학업과 문학작품 독서, 습작을 더 잘 할

수 있는 계기도 됨. 가정교사 일로 번 돈의 일부는 모스크바의 가족에게도 부침.

1877년
- 처음으로 모스크바를 방문하여 가족과 짧은 시간 재회함.
- 교내 잡지 ≪말더듬이(Заика)≫를 발행하고 「닭이 우는 데는 이유가 있었다(Недаром курица пела)」 등의 보드빌 연극 몇 편을 습작으로 씀.

1878년
- 최초의 희곡 작품 「아버지가 없는 삶(Безотцовщина)」을 씀(사망 19년 후인 1923년에 발견되어 발간됨).

1879년
- 6월에 김나지야를 졸업하고 9월에 모스크바 대학 의학부에 입학.
- 진지하게 학업에 임하는 한편, 자신과 가족의 생계유지를 위해 그해 말부터 모스크바와 뻬쩨르부르그의 여러 잡지에 짧은 유머 단편, 촌평 등을 쓰기 시작함.

1880년
- 3월 21일. 뻬쩨르부르그의 유머 주간지 ≪잠자리(Стрекоза)≫ 제10호에 단편소설 「박식한 이웃 사람에게 보내는 편지(Письмо к учёному соседу)」와 「장편 소설, 중편 소설 등등에서 가장 자주 보게 되는 것은 무엇인가?(Что чаще всего встречается в романах, повестях и т. п.?)」가 게재되어 작가로서의 공식 경력이 시작됨. 같은 해 동일 잡지에 8편을 더 발표함.
- 이때부터 대략 1887년경까지 ≪잠자리(Стрекоза)≫, ≪자명종(Будильник)≫, ≪관객들(Зрители)≫, ≪모스크바(Москва)≫, ≪동반자(Спутник)≫ 등등의 여러 잡지에 많은 수의 유머 단편과 풍자적 성격의 소규모 칼럼들을 게재함. 이 기간에 '안또샤', '안또샤 체혼쩨', '비장(脾臟)이 없는 인간', '환자 없는 의사', '내 형의 동생' 등등의 수십 가지 필명을 사용함.

1882년 • 뻬쩨르부르그의 유머 주간지 ≪파편들(Осколки)≫의 편집자이자 발행인 니꼴라이 레이낀과 알게 되어 이때부터 1887년경까지 대략 270여 편 정도의 대단히 많은 작품들을 이 잡지에 발표함.

1883년 • 모스크바 근교 치키노 병원에서 임상 실습을 하고 6월에 돌아옴.
• 단편 「어느 관리의 죽음(Смерть чиновника)」, 「알비온의 딸(Дочь Альбиона)」, 「뚱뚱이와 홀쭉이(Толстый и тонкий)」 등등 100여 편을 발표함.

1884년 • 6월. 모스크바 대학 의학부를 졸업하고 인근 치키노 병원과 즈베니고로드 병원에서 얼마간 근무함.
• 9월. 자신의 집에서 개업함.
• 6편의 단편을 묶은 최초의 단편집 「멜뽀메나의 이야기들(Сказки Мельпомена)」이 ≪파편들≫의 협조를 통해 발간됨.
• 단막극 「큰 길에서(На большой дороге)」, 단편 「카멜레온(Хамелеон)」, 「앨범(Альбом)」 등등 70여 편을 발표함.
• 12월. 각혈을 동반한 최초의 폐결핵 증상이 나타남.

1885년 • 처음으로 뻬쩨르부르그를 방문하여 당시 러시아에서 큰 영향력을 발휘하던 보수적 경향의 신문 ≪신시대(Новое время)≫의 발행인 알렉세이 수보린과 만나 교류함. 문단의 원로 드미뜨리 그리고로비치와도 만남.
• 「비애(Горе)」, 「생생한 연대기(Живая хронология)」, 「여자의 행복(Женское счастье)」 등등 100여 편의 단편을 발표함.

1886년 • 1월. 단편집 「다채로운 이야기들(Пёстрые рассказы)」

발간. 단편 「고독한 그리움(Тоска)」 발표.

- 2월. '안똔 체홉'이라는 본명을 처음으로 사용하여 단편 「진혼곡(Панихида)」을 비롯한 5편을 ≪신시대≫에 발표함. 그해 나머지 기간 동안 「아뉴따(Анюта)」, 「약사의 아내(Аптекарша)」, 「불행(Несчастье)」 등등 여러 단편을 다양한 잡지에 발표함.
- 3월. 그리고로비치로부터 재능에 대한 칭찬과 동시에 좀 더 중량감 있는 작품을 쓰라고 권고하는 편지를 받음. 그리고로비치는 이 편지에서 '나는 당신에게 몇 개의 뛰어난, 진실로 예술적인 작품들을 써야 할 소명이 부여되어 있다고 확신하오…. 당신이 받은 인상들을 단숨에 쓰는 작품이 아니라 좀 더 심사숙고하고 잘 가다듬어진 작품을 쓰기 위해 아끼시오.'라고 충고했다. 그리고로비치뿐만이 아니라 쁠레셰예프 등도 같은 충고를 함에 따라 체홉 역시 단편 기고수를 점차 줄여갔으며, 단편을 쓰더라도 길이가 늘어나고 내용 또한 진지해지는 경향을 보이기 시작하였음.
- 4월. 각혈을 동반한 예전보다 더 심한 폐결핵 증세가 나타남.

1887년
- 4월. 러시아 남부 지방을 거쳐 고향 따간로그로 여행.
- 8~9월. 단편집 「황혼녘에(В сумерках)」와 「순결한 이야기들(Невинные речи)」 발간.
- 12월. 4막 희곡 「이바노프(Иванов)」를 10월부터 집필하여 완결한 후 모스크바의 꼬르쉬 극장에서 초연하였으나 성공을 거두지 못함.
- 단편 「베로치까(Верочка)」, 「행복(Счастье)」, 「티푸스(Тифус)」, 「입맞춤(Поцелуй)」 등을 발표.

1888년
- 3월. 전년도 따간로그로의 여행에서 받은 인상을 「초원(Степь)」이라는 제목의 중편으로 ≪북방 통보(Северный вестник)≫지에 발표하여 문단의 주목을 받음. 이 잡지에 같은 해 연달아 중편 「등불(Огни)」, 단편 「명명일(Именины)」을 발표.

- 10월. 단막극 「곰(Медведь)」이 모스크바 꼬르쉬 극장에서 공연되어 호평을 받음.
- 10월. 단편집 「황혼녘에」로 러시아 학술원에서 뿌쉬낀 상(賞)을 받음.
- 단편 「자고 싶다(Спать хочется)」, 「미녀들(Красавицы)」, 단막극 「청혼(Предложение)」등을 발표.

1889년
- 2월. 개작한 「이바노프」를 뻬쩨르부르그의 알렉산드린스끼 극장에서 공연하여 성공을 거둠.
- 4월. 단막극 「청혼」이 뻬쩨르부르그에서 공연되어 성공을 거둠.
- 6월. 둘째 형 니꼴라이가 폐결핵으로 사망함. 형의 죽음 후 우울함을 달래기 위해 7~8월에 오데사와 얄타를 여행함.
- 12월. 4막 희곡 「숲의 정령(Леший)」이 모스크바에서 공연되었으나 혹평을 받음(체홉은 이 작품의 구성을 손보아 8년 후인 1897년에 「바냐 아저씨(Дядя Ваня)」라는 이름으로 공연하여 성공을 거둠).
- 중편 「지루한 이야기(Скучная история)」, 단편 「내기(Пари)」, 「결혼식(Свадьба)」 등을 발표.

1890년
- 유형지인 사할린 섬 죄수들과 지역 주민들의 삶을 알아보기 위해 시베리아 횡단 여행 준비를 함.
- 4월. 기차를 타고 모스크바를 출발하여 야로슬라블, 까잔, 뻬름, 튜멘까지 감. 그 후 말을 타고 태평양 연안에 도착한 다음에 7월 23일에 배로 사할린에 들어감. 이후 3개월 동안 사할린 섬을 돌아다니며 유형수들과 지역민들의 삶의 실태를 자세히 관찰 기록함.
- 10월 25일. 배로 사할린을 출발하여 블라디보스톡, 일본, 홍콩, 싱가포르, 인도양, 수에즈운하, 오데사를 경유하여 12월 27일 모스크바에 귀환.
- 4월. 단편 「도적들(Воры)」 발표.

- 12월. 단편 「구셰프(Гусев)」 발표.

1891년
- 3월 말~5월 초. 최초의 유럽 여행. 수보린과 함께 유럽 남부의 비엔나, 베니스, 피렌체, 로마, 나폴리, 폼페이, 니스, 몬테카를로, 파리 등을 여행함.
- 니줴고로드 현과 보로네쥐 현에 흉년으로 인한 대기근이 발생하자 구호 활동을 펼침.
- 단편 「아낙네들(Бабы)」, 중편 「결투(Дуэль)」, 단막극 「기념일(Юбилей)」 발표.

1892년
- 1월. 니줴고로드 현과 보로네쥐 현의 기근 구호품 모금을 독려하며 직접 그곳들을 다녀옴.
- 2월. 모스크바 남쪽의 쎼르뿌호프 군에 속한 멜리호보 마을에 영지를 구입함. 시골에서의 삶을 누리고 싶었던 오래된 꿈을 실현함.
- 3월. 아버지, 어머니, 여동생 마리야와 함께 멜리호보로 이주함. 아버지는 예전의 전제적인 태도를 버리고 아들의 말에 복종하며 집 정원을 가꾸는 일을 맡음.
- 이후 1898년 얄타로 이주하기 전까지 체홉은 자신의 영지뿐만이 아니라 멜리호보 마을 전체와 근처 마을들까지 살기 좋은 곳으로 꾸미기 위해 왕성한 활동을 함. 인근 툴라 현에 콜레라가 창궐하자 25개 마을을 돌아다니며 치료활동을 하였으며, 멜리호보에는 이 외의 각종 질병으로 인해 신음하는 환자들을 위해 자신의 돈으로 치료소를 개설하기도 함. 농민 자녀들을 위해 세 곳에 학교를 개설하였고 도로 건설, 대규모 묘목 심기 등에도 정력적으로 참여함.
- 한편으로는 고향인 따간로그에 공공 도서관을 건립해 주고자, 그곳에 자신이 소중하고 있던 서적 2,000권 이상을 희사했으며 이후로도 자신의 비용으로 수시로 많은 서적을 보내줌.
- 체홉이 멜리호보에 거주하고 있던 기간에 문화예술계의

많은 친우들이 그를 방문했으며, 그중 한 사람인 이삭 레비딴은 멜리호보의 정경을 화폭에 담은 수작들을 그리기도 함. 체홉 자신 역시 멜리호보에만 틀어박히지 않고 모스크바와 뻬쩨르부르그를 종종 방문해 문인, 예술가들과 교류함.

- 단편 「유형지에서(В ссылке)」, 「잠시도 가만히 있지 못하는 여자(Попрыгунья)」, 중편 「6호 병실(Палата No.6)」 발표.

1893년
- 10월. 1890년 사할린 섬 방문 시의 기록을 토대로 한 여행기 「사할린 섬(Дстров Сахалин)」을 완성하여 ≪러시아 사상(Русская мысль)≫ 지에 게재하기 시작. 이듬해 7월까지 연재함. 문단과 독자들의 큰 반향을 일으킴.

1894년
- 3월. 건강이 악화되어 요양 차 크림 반도로 갔으며 고향인 따간로그와 얄타에도 머묾.
- 7월. 두 번째 유럽여행에 나섬. 비엔나, 베니스, 밀라노, 제노바, 니스, 파리를 거쳐 10월에 멜리호보로 귀환.
- 단편 「롯실트의 바이올린(Скрипка Ротшильда)」, 「대학생(Студент)」, 「문학 교사(Учитель словесности)」, 중편 「검은 수도사(Чёрный монах)」 발표.

1895년
- 6월. 「사할린 섬」이 단행본으로 발간됨.
- 8월. 톨스토이를 만나러 그의 영지인 야스나야 뽈랴나로 찾아감. 오래전부터 기다려왔던 체홉과의 만남을 무척 기뻐한 톨스토이는 그에게 자신의 장편소설 『부활』의 한 챕터를 낭독해 줌. 이때 체홉은 이미 톨스토이의 영향에서 멀어져 있었으나 둘의 관계는 계속 우호적으로 유지되었고 이후에도 자주 만남.
- 12월. 소설 작가 이반 부닌과 교류를 시작함.
- 단편 「목 위의 안나(Анна на шее)」, 「아리아드나(Ариадна)」, 중편 「3년(Три года)」 발표.

1896년
- 2월. 야스나야 뽈랴나에서 톨스토이를 다시 만남.
- 4월. 1895년부터 쓰기 시작한 4막 희곡 「갈매기(Чайка)」를 완성함. ≪러시아 사상≫ 1896년 12호에 실림.
- 10월 29일. 「갈매기」의 첫 공연이 뻬쩨르부르그의 알렉산드린스끼 극장에서 열림. 관객들의 냉담한 반응으로 인해 체홉이 대단히 실망함.
- 단편 「다락방이 있는 집(Дом с мезонином)」 발표.
- 1889년의 실패작 「숲의 정령」을 개작한 4막 희곡 「바냐 아저씨」 완성. 다음 해인 1897년에 수보린의 협조를 얻어 자신의 희곡 모음집인 ≪희곡들≫을 발간할 때 이 작품도 거기에 실음.

1897년
- 멜리호보 마을이 속한 바브끼노 읍의 인구 조사에 적극 협조해 준 공로로 동메달을 받음.
- 3월. 모스크바로 수보린을 방문하던 기간에 심한 각혈로 병원에 입원함. 톨스토이가 문병 옴. 건강을 위해 얄타로 이주할 것을 의사가 권고함.
- 9월. 요양을 위해 세 번째 유럽 여행을 떠남. 파리, 비아리츠, 니스를 거쳐 이듬해 5월에 돌아옴.
- 중편 「농부들(Мужики)」, 단편 「짐마차에서(На подводе)」 발표.

1898년
- 1~2월. 파리와 니스에 머물던 중 접한 드레퓌스 사건의 재심과 관련된 에밀 졸라의 활약에 감명을 받음. 하지만 ≪신시대≫ 지가 드레퓌스를 공격하는 입장을 보이자 이에 격분한 체홉이 수보린에게 반박 편지를 쓰면서 양자가 몇 통의 편지를 주고받음. 이로 인해 양자 관계가 악화됨.
- 7~8월. 소(小)삼부작이라 불리는 3편의 단편 「상자 속의 인간(Человек в футляре)」, 「구스베리(Крыжовник)」, 「사랑에 대하여(О любви)」를 ≪러시아 사상≫의 1898년 7월호와 8월호에 연속 발표.

- 9월. 「갈매기」의 공연 리허설에서 모스크바 예술 극장 소속 여배우 올가 크니페르와 처음 알게 됨. 그녀의 연기력에 감탄함.
- 9월. 의사의 권고에 따라 건강을 위해 멜리호보를 떠나 얄타로 이주하기로 결정함. 일단 혼자 그곳으로 떠나 토지를 구매하고 집을 짓는 일을 시작함(1899년 봄까지 이곳에서 거주하다가 멜리호보로 몇 달간 돌아감).
- 10월. 모스크바의 가족으로부터 아버지 빠벨 예고로비치의 사망 소식을 전해 들음.
- 12월 29일. 모스크바 예술 극장에서 스따니슬랍스끼 연출로 「갈매기」가 다시 공연되어 대단한 성공을 거둠.
- 단편 「이오늬치(Ионыч)」 발표.
- 막심 고리끼와 편지 교환을 통해 교류가 시작됨.

1899년
- 1월. 전년도 12월에 완성한 단편 「귀여운 여인(Душечка)」을 모스크바의 《가족(Семья)》지 1월호에 게재. 톨스토이가 대단히 호평함.
- 4월. 체홉과 톨스토이가 모스크바에서 상호 방문.
- 4~5월. 모스크바와 멜리호보에서 체홉과 크니페르가 상호 방문.
- 6월. 멜리호보의 영지가 팔려서 어머니, 여동생과 함께 얄타로 완전히 이주.
- 11월 8일. 「바냐 아저씨」가 모스크바 예술 극장에서 공연됨(1897~1898년에는 몇몇 지방 극단에서 공연된 바 있음).
- 얄타 근교 마을에 학교를 건립하는 일과 폐결핵 환자들 치료를 위한 병원 건립에 재정 지원을 함.
- 6월. 민중 계몽에 이바지한 공로로 성(聖) 스따니슬라프 3급 훈장을 받음.
- 단편 「공무로 인하여(По делам службы)」, 「개를 데리고 다니는 여인(Дама с собачкой)」 발표.

1900년
- 1월. 러시아 학술원의 명예 회원으로 선출됨.

- 4월. 건강이 급격히 악화됨. 모스크바 예술 극장 단원들이 문병 차 얄타의 체홉 집으로 찾아와 「바냐 아저씨」를 공연해 줌.
- 7월. 크니페르가 얄타로 체홉을 문병 옴.
- 12월. 네 번째 유럽 여행을 떠남. 비엔나, 니스, 피사, 로마를 거쳐 1901년 2월에 얄타로 귀환.
- 중편 「골짜기에서(В овраге)」, 단편 「크리스마스 주간에(На святках)」 발표.
- 4막 희곡 「세 자매(Три сестры)」를 쓰기 시작하여 1901년 2월에 ≪러시아 사상≫에 게재함.

1901년
- 2월 13일. 모스크바 예술 극장에서 「세 자매」가 초연됨.
- 6월 7일. 올가 크니페르와 결혼식을 올림.
- 건강이 지속적으로 악화되어 갔기에 기침에 잘 듣는다는 마유주를 섭취하러 아내와 함께 우파 현을 다녀옴.
- 얄타 근처 가스쁘라에 머물고 있던 톨스토이를 자주 방문함. 얄타에 살고 있던 고리끼, 꾸쁘린, 부닌 등이 얄타로 체홉을 문병오기도 함.

1902년
- 4월. 단편 「주교(Архиерей)」 발표.
- 7~8월. 모스크바 근교 류비모프까에 있는 스따니슬랍스끼의 영지에서 요양함. 그곳에서 최후의 4막 희곡 「벚꽃 동산(Вишнёвый сад)」을 구상하고 집필 시작. 1903년에 완성.
- 8월. 고리끼가 학술원에서 제명된 것에 반발하여 자신의 학술원 명예 회원직을 반납함.
- 10월. 최후의 단편 「약혼녀(Невеста)」를 쓰기 시작함. 이후 1903년 9월에 완성하여 12월에 발표함.
- 계속되는 건강 악화. 복막염과 폐기종이 합병증으로 발생. 끊임없이 반복되는 기침과 각혈.

1903년
- 6월. 모스크바 근교 나라 강 유역에서 요양함.

- 10월. 「벚꽃 동산」 완성.
- 12월. 「벚꽃 동산」 리허설을 지켜보기 위해 모스크바로 감.

1904년
- 1월 30일. 모스크바 예술 극장에서 「벚꽃 동산」이 초연되어 큰 성공을 거둠. 체홉은 각혈과 끊임없는 기침으로 기력이 쇠잔한 상태임에도 불구하고 참석해 관람하였으며, 그 무대에서 관객들로부터 작가 활동 25주년 축하를 받음.
- 2월. 얄타의 집으로 돌아옴.
- 5월. 「벚꽃 동산」 출간.
- 6월 16일. 아내와 함께 독일의 바덴바일러로 요양 차 떠남.
- 7월 15일. 바덴바일러의 한 호텔에서 새벽 3시 무렵 사망.
- 7월 22일. 모스크바의 노보제비치 수도원 묘지에 묻힘.